Einaudi. Stile Libero Big

Dello stesso autore nel catalogo Einaudi

Serie del commissario Ricciardi

Il senso del dolore
La condanna del sangue
Il posto di ognuno
Il giorno dei morti
Per mano mia
Vipera
In fondo al tuo cuore
Anime di vetro
Serenata senza nome
Rondini d'inverno
Il purgatorio dell'angelo
Il pianto dell'alba
Caminito

Serie dei Bastardi di Pizzofalcone

Il metodo del Coccodrillo
I Bastardi di Pizzofalcone
Buio
Gelo
Cuccioli
Pane
Souvenir
Vuoto
Nozze
Fiori
Angeli

Serie di Mina Settembre

Troppo freddo per Settembre
Una Sirena a Settembre

Racconti

Vita quotidiana dei Bastardi di Pizzofalcone
Giochi criminali (con G. De Cataldo, D. De Silva e C. Lucarelli)
Tre passi per un delitto (con C. Cassar Scalia e G. De Cataldo)

Maurizio de Giovanni
Soledad
Un dicembre del commissario Ricciardi

Einaudi

Pubblicato in accordo con The Italian Literary Agency, Milano

www.einaudi.it

ISBN 978-88-06-25519-0

1.

Potessi farlo, ti parlerei di solitudine.

Che a pensarci è una contraddizione, perché se qualcuno parla con qualcun altro, allora non è solo, ti pare? Se si possono scambiare sguardi a sottolineare le parole, se si può gesticolare, cambiare il tono di voce per esprimere uno stato d'animo a sostegno di un concetto, che solitudine è?

E quindi no, non posso parlarne. Ma lo farei volentieri. Ti parlerei di solitudine.

E ti direi che è qualcosa di ben diverso da ciò che la gente pensa.

Perché la gente di solitudine non sa niente. Immagina che sia una condizione, piú o meno momentanea; uno dice: mi trovo da solo, mi guardo attorno e studio la situazione. E magari perfino gli piace, essere solo; perché si gusta la pace, l'equilibrio, scopre il modo di osservarsi dentro e di meditare.

Ci può addirittura essere qualcuno che alla solitudine anela. Che la vuole, e cerca di procurarsene un po', in una vita di corse e di lotte per la sopravvivenza nella quale gli altri, tutti gli altri, sono nemici o elementi di disordine.

La solitudine, si potrebbe credere, è ordinata: perché nella solitudine non c'è nessuno che porti confusione.

Niente di piú sbagliato.

Perché di solitudine può parlare soltanto chi la prova in ogni istante. Anche nel sonno, quando si riesce a dormire, quando si inganna la mente con pensieri sparsi e superficiali per distoglierla dall'abisso.

Potessi farlo, ti parlerei di solitudine.

E ti racconterei anzitutto che si può essere soli pure se si sta in mezzo agli altri.

Pure se il rumore esterno è tale da assordare, da rendere la vita un caleidoscopio di suoni e colori e odori. La solitudine è un liquido che penetra nelle fessure, che sale dai piedi e arriva agli occhi, alla bocca, al naso, alle orecchie e pervade i sensi.

Quindi, ti direi che la solitudine non è una stanza vuota. Né un letto in cui ci sei tu, e nessuno piú.

La solitudine, ti direi se potessi, è la mancanza di qualcuno. È l'assenza di chi vorresti vicino, per poterci discutere, per potergli sorridere. Per fare una carezza, e per riceverla.

La solitudine è il ticchettio inesorabile di un orologio.

L'orologio è fondamentale, nella definizione della solitudine.

Perché senza l'orologio puoi anche convincerti che il tempo non esista; che gli infiniti intervalli fra te e te siano un'illusione che si dilata per l'aspettativa. Puoi accusare la mente e il cuore di non saper attendere né distrarsi, oppure di alimentare l'anima coi ricordi o con la nostalgia.

L'orologio, invece, col suo meccanico, inesorabile ticchettio, rende il tempo fisico. Gli dà oggettività. Lo fa vero e reale, e te lo sbatte in faccia.

Guardi le lancette, il loro movimento indifferente. Studi quella sottile, il suo giro spietato, inconsapevole della gravità che dovrebbe rallentarne la risalita e velocizzarne la discesa, e invece lei sale e scende nello stesso identico modo e con la stessa identica cadenza; e quella piccola e tozza, che si sposta da un'ora all'altra in maniera quasi impercettibile, e te la ritrovi sulle due mentre un attimo prima era sull'una, e quando ci sei arrivata, maledetta? Quando è stato che, senza che io me ne accorgessi, hai segnato un'altra inutile ora della mia vita trascorsa a contemplare la solitudine?

E piú di tutte, ti direi se potessi, è la lancetta lunga e grande a ucciderti. La lancetta dei minuti.

Nelle interminabili notti della solitudine che mi hai inferto, e della quale non posso parlarti, sappi che quella lancetta è la spada che mi si è conficcata nelle viscere, generando questa morte senza fine, questa uccisione, ma con battito e respiro, che mi infesta l'esistenza.

C'è un motivo per cui è la lancetta piú evidente, ci hai mai pensato? In fondo non c'è logica. I secondi corrono fluidi, e sono le ore a essere per noi importanti, appuntamenti, entrate e uscite, ci vediamo alle cinque, alle sette. Perché, allora, nell'orologio la lancetta piú visibile, che riempie il quadrante dal centro sino al cerchio esterno, è quella dei minuti?

Non lo sai, vero? Mi sembra di vedere i tuoi occhi perplessi, la scintilla di ironia dentro che prelude alla risata, per qualche frase di tenera presa in giro sempre troppo rara.

Il motivo è lo scatto.

È l'unico, autentico rumore dell'orologio. I secondi mormorano piano, un sussurro che puoi ignorare se sei bravo a farlo. È come se l'orologio respirasse attraverso lo spostamento di quella lancetta sottile, e il respiro non è comunicazione, lo sai anche tu, il respiro è involontario e costante, non significa niente se non che si è vivi.

Con i minuti, l'orologio parla. Te lo dico io, che ho avuto tutto il tempo di comprendere. Dopo il giro della lancetta sottile, scatta il minuto. Tac. Una sentenza, una sillaba. Tac. Troppo veloci i secondi e troppo lente le ore, per avere un senso. Ma quel tac, quel movimento, in realtà è volontario. Attraverso quel tac l'orologio ti dice: ecco, vedi? La solitudine ti avviluppa, come un sudario e come una lapide. Non c'è niente, se non la solitudine.

Se potessi parlarti di solitudine, forse ti inviterei ad ascoltare il suono dei minuti che passano.

Forse capiresti cosa significano le notti, o i giorni, fatti di quel rumore e dell'attesa di esso. Ti ripeti, nel buio: adesso lo sentirò, tac, come qualcuno che bussa alla porta, tac, come una goccia lenta che cade da una fessura del soffitto, tac, come un cuore che si ferma.

Ecco, questo lo capiresti. Di sicuro. Il cuore.

Perché è il cuore, il punto.

La solitudine è una questione di cuore.

La mente ci arriva, con qualche sforzo ma ci arriva, ognuno ha la sua vita, e non può essere un torto se sei giovane, se sei bella, se vuoi respirare aria e sorrisi, se vuoi complimenti e baci, lo so.

E il corpo si rassegna, anche se con difficoltà, perché la pelle vorrebbe, e gli occhi vorrebbero, ma il tempo coltiva il dolore, e pure il resto poi capisce e si acquieta.

Il cuore no. Il cuore ha il suo battito che non è quello dei minuti, e continua testardo a picchiare in petto, a pompare il sangue che mette in circolo la frustrazione e la malinconia, è lui, il maledetto cuore, il diffusore della solitudine, lo spargitore del fumo scuro che annebbia ogni pensiero e spinge alle decisioni che hanno senso solo per lui, per il maledetto cuore.

Potessi parlarti, ti parlerei della solitudine del cuore. E della condanna che hai comminato, senza nessuna pietà, e senza avere idea di quello che stavi facendo.

Potessi parlarti, ti direi che alla fine la colpa è tua.

Ma non posso parlarti, giusto? No, non posso.

Perché sei morta.

II.

Ricciardi, sconfitto, si alzò dalla scrivania.

Da quasi un'ora provava a concentrarsi sulla redazione del verbale che aveva davanti, ma la mente continuava a vagare di argomento in argomento, toccandone la superficie ma mai soffermandosi.

Andò alla finestra, le mani dalle dita sporche d'inchiostro in tasca, tentando di dare un nome alla propria inquietudine. Nella piazza, la città frenetica viveva la sera di dicembre combattendo freddo, povertà e paura con la voglia di un Natale che fosse di festa, di allegria e di speranza ma che preannunciava tutt'altro.

Incoerenza, rifletté Ricciardi: ecco quale avrebbe potuto essere il nome dell'ansia strisciante che gli impediva la concentrazione.

Non ricordava un'epoca come quella. Sospesa tra la condizione reale e quella che si desiderava o si millantava cosí tanto, e cosí bene, da crederla vera. Bruno Modo gli ripeteva che era una truffa propinata dal governo alla povera gente, e si domandava beffardo se la grandezza imperiale fosse o no un buon companatico e se saziasse i bambini affamati che ogni giorno gli arrivavano in ospedale.

Ma Ricciardi doveva ammettere di non possedere una sensibilità politica tale da farsi carico dei proclami che la radio declamava stentorea, e faticava a dare la colpa della povertà endemica di quella città – condizione che non aveva mai visto attenuarsi – al governante di turno. Era un altro, il nome della sua inquietudine.

Il viso illuminato dai lampioni e dai fari delle automobili provenienti dalla strada del porto, pensò al mutamento.

Per uno come lui, un abitudinario che traeva conforto dalla reiterazione tipica della quotidianità, quello era un tempo abbastanza instabile. Senza voltarsi a guardarli, considerò gli scatoloni di libri, faldoni e codici che affollavano la stanza. Il nuovo edificio della questura era quasi completato, e presto avrebbero dovuto trasferirsi.

Non condivideva l'entusiasmo dei colleghi e del personale, che non stavano nella pelle all'idea di spostarsi di sede; era diventato un rito passare per il cantiere e commentare le linee austere e ambiziose, le finestre quadrate, i marmi bianchi e grigi, le decine di operai agli ordini di capimastri dal piglio di colonnelli in trincea.

Ricciardi invece non vedeva di buon occhio quel cambiamento, anche se lo teneva per sé. Era affezionato al proprio ufficio, che occupava da dieci anni; ed era convinto che quel luogo consentisse un presidio maggiore, collocato com'era a ridosso dei quartieri piú popolari: un punto d'osservazione ideale sull'umore e sui rapporti sociali di un posto dove la fame violenta spingeva ad agire in maniera piú tragica che altrove. Aveva difficoltà a immaginare sé stesso percorrere una strada diversa per andare al lavoro la mattina e tornare a casa la sera.

E gli sarebbero mancati la bella, grande piazza che digradava verso il mare, il porto dal quale vedeva entrare e uscire navi cariche di merci e viaggiatori, brulicanti di vita e di speranze. Dall'altro edificio, ammesso e non concesso che gli sarebbe toccato uno spazio con affaccio sull'esterno, non avrebbe visto che una larga via di passaggio.

No, pensò guardando la sagoma indistinta di un furgone affrontare una curva a bassa velocità: non era il cambiamento a inquietarlo. Anche perché, rifletté mentre il furgone attraversava l'immagine traslucida di una donna investita e uccisa una settimana prima, certe cose purtroppo non cambiavano mai.

Gli affetti, forse.

In fondo, cosa può angosciare un uomo piú del destino di chi, a vario titolo, ama?

Come un bel fiore, la mente gli porse l'immagine della sua Marta.

La bambina aveva ormai cinque anni e sembrava una vecchietta saggia. Si prendeva comicamente cura del proprio papà, aspettandolo la sera per detergergli con il fazzoletto un immaginario sudore, perché l'istitutrice le aveva letto un racconto in cui la figlia di un contadino faceva cosí. Poi, seduta sulle sue ginocchia, confidava a Ricciardi tutto quello che aveva fatto nella giornata trascorsa da Bianca, la contessa di

Roccaspina che si prendeva cura della sua educazione; e lui ascoltava attento, interloquendo anche quando la bambina gli riferiva di ciò che le diceva Federico, un coetaneo figlio della maestra. Un po' lo preoccupava l'immaginazione di Marta, perché gli riportava discorsi articolati che il bambino non poteva fare, essendo sordomuto; ma era intenerito dalla gentilezza della figlia, che non considerava affatto una minorazione quella dell'amico e riempiva i vuoti della vita con la bellezza del cuore.

Marta stava bene. Era circondata di cure, anche se non aveva piú la madre. Ricciardi pensò a Nelide, gendarme arcigna e determinata, dedita a ogni bisogno della bambina; a Bianca, sensibile e intelligente, la quale aveva per Marta un trasporto che non sarebbe stato maggiore se le fosse stata figlia; e alla famiglia Colombo, che, straziata, riversava sulla piccola l'adorazione un tempo riservata a Enrica.

Maria, la nonna, non faceva che piangere appena il discorso sfiorava quel nome; ma era vulcanica ed espansiva, riempiva la nipote di baci umidi e di abbracci stritolanti, tanto che – per il divertimento di tutti – Marta lanciava dall'interno di quelle strette comici sguardi di richiesta d'aiuto. Giulio, il nonno, la trattava invece come un'adulta e parlottava con lei per ore. Secondo Ricciardi, i due si somigliavano come al padre aveva somigliato Enrica, e si capivano come nessun altro. La cosa non solo non lo ingelosiva, ma gli faceva un'indicibile tenerezza; ed era contento soprattutto per lui, per Giulio, che altrimenti, sospettava, si sarebbe lasciato andare, adesso che nemmeno poteva stare in negozio a causa delle leggi sulla razza.

Gli affetti, e quindi gli amici. Il brigadiere Maione con la sua caterva di figli, nello sguardo l'ombra del dolore per quello di loro che aveva perduto; e il dottor Modo, che sibilava il proprio malessere verso il fascismo e il governo ma che era diventato piú prudente, terrorizzato com'era dagli arresti e dal confino. Certo, era assai poco di compagnia, piú sarcastico che ironico, però almeno la paura lo teneva fuori dei guai; non fosse stato per la fissazione di essere sorvegliato da chiunque, specie dall'ingenuo collega romagnolo, Severi, ci sarebbe stato quasi da esserne felici.

No. Non erano affetti e amici a generare il senso di sospensione che opprimeva il cuore di Ricciardi e impediva al commissario di concentrarsi.

Dalla strada salí la musica di un pianino e una bella voce tenorile pregò Mariú di parlargli d'amore. Qualcuno applaudiva, e il commissario si chiese da dove scaturisse, in mezzo al vento gelido, la voglia di sentir cantare in piazza.

La solitudine, disse fra sé.

La parola gli esplose nel cervello come un fuoco d'artificio. Strano, perché nessuno dei suoi processi mentali era parso rimandare a quel concetto.

Eppure pensò alla solitudine. Lui, che era sempre stato un solitario. Lui, che nell'isolamento si era rinchiuso prima di incontrare la donna che sarebbe divenuta sua moglie, prima di diventare padre, prima di diventare l'uomo che era adesso, mentre guardava affacciarsi il Natale che sarebbe arrivato di lí a una settimana ma che già creava attesa e illusioni tra le anime che vagavano in piazza.

Perché, se era vero che conosceva bene la solitudine per averla abitata a lungo, era altrettanto vero che aveva sperimentato la fusione assoluta di due anime in una.

Nella mente di Ricciardi si fecero largo vivide immagini di Enrica. Lo sguardo fuggevole dalla finestra, mentre ricamava. Le parole rubate alla pioggia, uno sfioramento di labbra sotto la neve leggera. Il volto rosso di imbarazzo, le dita che reggevano il cappellino nel vento. La voce gentile e accorata, *a che serve tutto questo mare?* Le lacrime dietro le lenti appannate, il viso radioso quando Giulio Colombo l'aveva accompagnata da lui, davanti all'altare.

Enrica, e il paradiso di ogni senso: il tatto delle carezze, l'udito dei sospiri, il gusto dei baci, la vista di lei abbandonata al piacere, l'odore dell'unione profonda. Enrica, e i desideri nelle notti insonni, la mano di lui sul ventre che le cresceva.

Enrica, la follia di Ricciardi accolta come la confessione di un'ingenua mania; e la sensazione di leggerezza per essersi finalmente liberato di metà di quel peso.

Enrica, e il dolore folle della perdita. L'eco di quelle parole, *non dimenticarti di noi, amore mio*, che risuonava dove aveva scorto tutto quel sangue, e dove aveva incrociato per la prima volta gli occhi della sua bambina.

Enrica. Sei forse tu la mia inquietudine, amore mio? È forse la tua mancanza la spina che ancora mi fa sanguinare l'anima?

Poteva darsi. Chissà cosa avrebbe pensato di lui adesso, quella ragazza dolcissima che gli aveva rivoltato l'esistenza. Chissà cosa avrebbe detto delle basette grigie, delle rughe ai lati degli occhi verdi che sembravano di vetro, e di quelle all'angolo della bocca che venivano dai nuovi sorrisi per la figlia.

Chissà cosa avrebbe detto delle caramelle che portava in tasca, che avrebbe centellinato in cambio di un bacio pieno di zucchero, di nascosto dal falco Nelide che fino a due avrebbe finto di non vedere.

Ma forse, amore mio, da qualche parte, in forma di soffio del vento o di onda del mare, ti è consentito di guardare la tua bambina e l'uomo che hai reso felice per un tempo cosí breve da farmi dubitare di me stesso, se non ci fosse Marta a dimostrare ogni giorno che ti ho incontrata, e che ti ho amata; e che incredibilmente anche tu hai amato me.

No. Non era la solitudine, il motivo dell'ansia.

La mente andò altrove. Forse perché alla voce tenorile se ne era unita una di donna, che diceva *gli occhi tuoi belli brillano, come due stelle scintillano*.

Non ci pensava da molto, forse da anni; ma nella notte fredda di quel lunedí 18 dicembre 1939, anno XVIII dell'èra fascista, gli sovvenne Livia. E si chiese dove fosse, e cosa facesse. Se stesse bene, se fosse viva, se fosse nei guai.

Prima ancora di avere piena consapevolezza di quel pensiero, il brigadiere Maione bussò alla porta.

III.

La donna si sollevò dal letto con un movimento fluido.

L'uomo intuí appena, perché si stava addormentando. Si riscosse, e aguzzò la vista.

Una lama di luce entrava dalle imposte accostate, portando il sole caldissimo del pomeriggio di dicembre all'interno della stanza. Lei si era avvolta nel lenzuolo, lasciando scoperta la schiena liscia.

Lui protestò, la voce arrochita dal sonno interrotto.

– Ma perché ti alzi, si può sapere? Abbiamo almeno un'ora, accidenti.

La donna era intenta a raccogliere indumenti.

– No, Facundo. Tu hai almeno un'ora, due o quante ne vuoi, perché non fai niente l'intera giornata. Io no. Io lavoro. Per cui, forza, *adelante*. Te ne devi andare. Vestiti.

L'uomo si passò una mano sul viso, tentando di ritrovare un po' di chiarezza di idee.

– Io non ti capisco, Laura. Davvero. E vorrei che mi spiegassi perché devi lavorare.

L'altra ridacchiò, indossando la biancheria.

– Per il motivo per cui lavorano tutti, caro. Tutti tranne te, a essere precisi. Per sopravvivere il meglio possibile. Non capisci?

Lui si tirò su, allungò la mano verso il comodino e prese le sigarette.

– No, te l'ho detto che non capisco. Primo: sei una donna. Non te ne rendi conto?

Laura si girò, sorpresa. Si era messa il reggicalze ed era a seno nudo. L'uomo pensò di non aver mai visto niente di piú bello.

– E questo che vorrebbe dire? Siccome sono una donna, non devo lavorare? E spiegami, come dovrei campare?

Facundo espirò il fumo. Era bruno, atletico, la pelle olivastra e due grandi occhi neri sotto una cascata di capelli ricci. Aveva trentadue anni, otto in meno della donna che aveva davanti, della quale era innamorato alla follia.

– Potresti sposarmi, per esempio. Diventando mia moglie, godresti di una fortuna che, modestia a parte, è piú che sufficiente a non farti porre mai piú il problema. Che ne dici di questa risposta?

Laura si sottrasse con un volteggio alla mano rapace di lui, che aveva cercato di abbrancarla.

– Ne dico che la fortuna di cui parli non è tua ma di tuo padre, il *señor* Caetano Rubía, che dubito sarebbe felice se il primogenito gli portasse in casa una cantante, per giunta piú vecchia.

Facundo sbuffò, con un gesto di noncuranza.

– Il maiale ne ha fatte di ben altra rilevanza, da giovane. E anche adesso, credimi, se potesse, andrebbe a puttane tutte le sere. Se solo provasse a obiettare qualcosa...

Laura si fece gelida, e Facundo comprese con ritardo di aver commesso un grave errore.

– No, no, amore. Non intendevo... E poi sei stata tu, no? Hai detto tu che il vecchio avrebbe da ridire su...

Laura abbottonò la camicetta, e rise. Ma non mutò espressione.

– Certo, certo. Non ti preoccupare, mio caro. So bene qual è la mia condizione, e so chi sono. Una cantante dal passato oscuro e il futuro incerto, che deve lavorare per vivere e va a letto con chi le piace, e soltanto perché le piace. Questo forse fa di me una poco di buono, ma mi permette di non essere mantenuta da nessuno e di godermi la vita che voglio.

– Io non credo questo di te, amore mio. E non consentirei a nessuno di crederlo. Non avrei mai chiesto di sposarmi a una donna che non stimo, che non reputo degna di portare il mio nome. E ti prego di accettare la mia proposta, cosí almeno non dovrai cacciarmi via ogni volta che ci vediamo.

Laura rise ancora, e stavolta si inteneri.

– Lo so che sei invaghito di me. E anche tu mi piaci molto. Ci divertiamo e ti dimostri gentile, cosa che mi è accaduta di rado. Ma il matrimonio non fa per me. Non fa per nessuno, anzi. Ti consiglio di evitarlo, se puoi; e se proprio vorrai, sposati per interesse. I soldi tengono uniti piú dell'amore.

Facundo spense la sigaretta e si alzò, raccogliendo triste i propri indumenti.

– Quanto cinismo, *mi amor*. Le rare volte che non parliamo di sciocchezze e mi apri un po' la finestra del cuore, io vedo un panorama di desolazione.

– Mi dispiace, tesoro. Non volevo sembrarti cosí, davvero. È che ognuno ha il proprio passato e le proprie esperienze. E sulla superficie dell'anima restano cicatrici, anche se le mie ferite non sanguinano piú da tempo, ormai.

– Non mi chiami mai amore, sai? E non mi dici mai niente del tuo passato, di questo passato a cui hai accennato adesso. Quasi che la tua vita fosse cominciata in questo mio paese, che non è il tuo. Come possiamo amarci, se mi nascondi quello che hai vissuto?

Laura si avvicinò allo specchio per truccarsi.

– E infatti non dobbiamo amarci, noi due. Possiamo divertirci insieme, fra queste quattro pareti. E puoi venire a sentirmi cantare con i tuoi amici, e io posso gettarti una rosa alla fine di una canzone, fingendo di aver visto un bel ragazzo applaudirmi, e tu puoi lasciarti prendere in giro da loro. Ma non possiamo far capire che ci conosciamo, perché tu appartieni a una delle famiglie piú importanti di Buenos Aires, e io...

– E tu sei la donna piú bella del mondo, e io potrei solo essere orgoglioso di portarti a passeggio sottobraccio in calle Corrientes. Cosa pensi che fosse mia madre, Laura? Era una serva. Una povera serva bellissima di cui mio padre, il vecchio maiale, si innamorò come un pazzo. Credi che avrebbero qualcosa da ridire, su di te?

Laura deformò la bocca per mettere il rossetto; poi osservò il risultato, lo ritenne soddisfacente e ripose l'astuccio del trucco.

– Le persone hanno due criteri di giudizio, non lo sai? Uno su di sé, uno sugli altri. E credimi, non si somigliano affatto, i due criteri.

Facundo allargò le braccia, esasperato.

– Ma io potrò ben scegliere per me stesso, no? E se rinunciassi a soldi, terreni, commerci e ce ne andassimo via insieme? Potrei lavorare, costruire con le mie mani qualcosa per noi. Se ci amiamo, possiamo tutto. L'amore può tutto.

Laura fissò Facundo, in silenzio. Era cosí bello, con la camicia abbottonata a metà, le bretelle calate, i capelli ricci spettinati e gli occhi resi umidi da un pianto a stento trattenuto.

– Noi non ci amiamo, piccolo mio. Io non amo te, e nemmeno tu ami me. Stiamo bene insieme, ma l'amore è un'altra storia.

L'uomo serrò le labbra. Una lacrima gli scese sulla guancia, e lui l'asciugò con un gesto rabbioso.

– Parla per te, Laura. Parla per te. Tu conosci i tuoi sentimenti, e se dici di non amarmi sarà cosí: ma io invece so di amarti. E se mi dessi modo di dimostrartelo, sono certo che col tempo non potresti piú fare a meno di me.

Davanti a Laura passarono in un lampo tutti gli anni trascorsi. Si rivide in un altro momento e in un altro spazio. Due pupille verdi, come di vetro, la scrutavano febbrili in una notte di pioggia battente, e lei rabbrividí nel caldo dell'estate come fosse ancora là. Amore, amore mio, sussurrò nel silenzio dell'anima.

Poi accarezzò il ragazzo innamorato che aveva davanti.

– Io vado, tesoro. Ho una nuova canzone da imparare per la vigilia di Natale, e Diego è un maestro esigente. A stasera.

E scappò, senza riuscire a scappare da sé stessa.

IV.

Avrebbero potuto prendere l'automobile, abbreviando i tempi; peraltro, adesso la dirigenza storceva il naso di fronte a chi si atteneva alle vecchie procedure e privilegiava l'uso dei mezzi pubblici o, addirittura, i percorsi a piedi in mezzo alla folla.

Si riteneva, pur senza metterlo per iscritto, che l'arrancare di funzionari e guardie lungo salite, discese e scale erte sminuisse l'autorità della polizia. Perdipiú, permetteva a scugnizzi e ambulanti di attivare quella «comunicazione senza fili» che, con l'ausilio delle voci propagate di balcone in balcone, lanciava l'allerta e impediva di sorprendere i criminali in flagranza di reato.

Ricciardi, però, non la pensava cosí. Non gli era mai capitato di trovare i criminali ancora sulla scena del delitto, per quanto vicina fosse e per quanto rapidi si spostassero i poliziotti. Per non dire che le condizioni delle strade, la folla, i carretti e le esposizioni delle botteghe a invadere la via rischiavano di impedire il passaggio delle fiammanti vetture in dotazione alla questura.

C'era poi un'altra ragione, che non poteva esplicitare: l'infondata convinzione di Maione di essere un ottimo pilota. Una delle novità conseguenti alla nascita di Marta era la rinnovata attenzione alla sopravvivenza, fino ad allora non rientrante fra le priorità del commissario e soprattutto non incidente sui suoi comportamenti. Ma adesso Ricciardi doveva vivere, per accompagnare la figlia nella crescita; ed essere su un'automobile guidata dal brigadiere era in deciso contrasto con questo principio.

La segnalazione ricevuta dal centralino era relativa al ritrovamento di un cadavere all'interno di un'abitazione in via del Grande Archivio. Era in centro, non lontano dall'università, nel dedalo di strade e stradine che si snodavano alle spalle del corso Umberto, oggetto di alcune opere del recente risanamento.

Ricciardi da studente aveva abitato da quelle parti, all'epoca dell'improvviso trasferimento dalla facoltà di Filosofia a quella di Giurisprudenza. Gli era capitato di rado di tornarci, e trovò la zona cambiata: vie ripulite, botteghe meno fatiscenti, facciate ridipinte. E istituti per orfani e anziani intitolati a principi e principesse, ricavati da antichi chiostri in rovina. Annotò mentalmente l'argomento da proporre a Bruno, quando ci sarebbe stato da sostenere che non tutti i mali vengono per nuocere.

Dietro di lui incedeva il brigadiere Raffaele Maione. Per anni aveva provato a fargli capire che avrebbe preferito che lo affiancasse, ma niente: il poliziotto rallentava o accelerava secondo l'andatura del superiore, e il suo metro e novanta per centotrenta chili, divisa compresa, restava a un metro di distanza per sorvegliare i dintorni e nel contempo fornire alla popolazione un avviso univoco sul successivo passaggio delle forze dell'ordine.

La piccola folla davanti al portone, come al solito, rese subito riconoscibile il civico verso cui erano diretti. Il vento freddo soffiava forte e i lampioni ondeggiavano, ma le persone aspettavano intrepide. Un omicidio era una circostanza troppo gustosa da raccontare, anche perché i giornali, secondo le indicazioni ormai consolidate del regime, non ne avrebbero fatto parola. Le informazioni sarebbero state affidate al telegrafo dei sussurri di chi c'era, un titolo di merito talmente rilevante da far sopportare un possibile raffreddore l'indomani.

Le guardie si collocarono ai fianchi dell'ingresso, respingendo i curiosi.

– Primo piano, brigadie'.

Maione si toccò la visiera per ringraziare la solerte signora che l'aveva informato, e fece strada a Ricciardi. La prevenzione di un eventuale pericolo era l'unica deroga alla regola del passo indietro.

Nei pressi della porta socchiusa dell'appartamento, c'era un uomo di una settantina d'anni in pantofole e vestaglia. Dagli orli spuntava una camicia da notte che lasciava scoperti i polpacci, sotto i quali spiccava un paio di pesanti calze in lana. Un riporto scarmigliato calava sul lato sinistro del collo, abbandonando al proprio destino l'ampia calvizie sulla sommità del capo. La cosa piú notevole era però una mascherina piegabaffi attaccata dietro la testa, la quale teneva in ordine degli spettacolari mustacchi che di giorno, una volta liberati da quella prigione notturna, dovevano fare una gran figura.

Davanti ai poliziotti, l'uomo si esibí in un saluto militare pressoché silenzioso, visto il battere fra loro delle ciabatte in feltro.

– Colonnello Abbamonte, al vostro servizio. In quiescenza, per la verità.

– Buonasera. Commissario Ricciardi e brigadiere Maione, della regia questura. Siete voi che avete telefonato?

– Sissignore, signor commissario, sono stato io. Di recente ho dotato la mia abitazione di un apparecchio telefonico, ho pensato che poteva tornare utile, anche se sono vedovo e vivo da solo. Credo sia un preciso obbligo di ogni cittadino, in questi tempi di…

Maione sospirò. Fra tutti coloro che aveva la sorte di incontrare sulle scene del crimine, i peggiori erano gli egocentrici che ci tenevano a dimostrare quanto fossero bravi, buoni e civili.

– E come mai ci avete chiamati, colonne'?

L'uomo lanciò uno sguardo fugace verso l'uscio accostato dell'appartamento, con manifesto disagio.

– Piú o meno tre quarti d'ora fa, brigadiere, ho udito una sirena. Perlomeno, a me sembrava una sirena, di quelle delle fabbriche a inizio turno, sapete? Non me lo spiegavo, qua attorno non ci sono stabilimenti. Mi ero già preparato per la notte, mi è rimasta l'abitudine di coricarmi presto da quando ero in caserma, dove gli orari sono…

Maione bilanciò il peso tra le gambe, insofferente. L'uomo riprese in fretta.

– Mi sono affacciato per capire da dove arrivasse quel suono, e mi sono accorto che veniva dalla casa delle signore Cascetta. Come vedete, i pianerottoli sono sfalsati e io sto mezzo piano piú sopra, al rialzato. Ora, io sono una persona discreta e mi faccio i fatti miei, ma la porta era accostata, il suono non smetteva e...

Ricciardi lo interruppe.

– E che cosa avete trovato, colonnello?

L'uomo aprí e chiuse la bocca. La mascherina piegabaffi seguí il movimento.

– La sirena era la voce della signora Angelina, la vecc... la madre, insomma. Un suono terribile, un lamento che non dimenticherò mai piú, commissa'. Era... è in una brutta condizione, ha... credo abbia fatto i suoi bisogni nel letto, ecco. Allora mi sono affacciato, per sapere se la signorina Erminia... la figlia, cioè, fosse o no con lei, perché la porta aperta... la signora Angelina non la può aprire, è costretta a letto. E nell'altra stanza...

Negli occhi dell'uomo era andata spandendosi un'espressione tra la sofferenza e l'orrore, ben nota a Ricciardi e Maione.

Il brigadiere annuí.

– Vi ringraziamo, colonnello, siete stato molto tempestivo. Adesso, per cortesia, aspettate qua. Non vi allontanate, avremo bisogno di sentirvi ancora.

L'uomo sollevò con le mani gli orli della vestaglia.

– E dove dovrei andare, brigadie', combinato cosí?

Ricciardi tossicchiò, per soffocare il riso. Maione, scorbutico, diede ordine alla guardia che li accompagnava di restare con il colonnello e di non far passare nessuno.

Poi precedette il commissario all'interno dell'appartamento.

V.

L'abitazione era immersa nell'oscurità, tranne due stanze dalle quali proveniva una luce fioca.

Appena furono dentro, da una di esse proruppe una voce stridula.

– Chi è? Chi è entrato in casa mia? Cosa sta succedendo?

Maione e Ricciardi percorsero qualche metro verso la parte da cui arrivava il richiamo. Si affacciarono sulla porta, e furono di fronte a uno spettacolo inquietante.

La luce giungeva dalla lampada collocata su un comodino. La persona che urlava dal letto era una vecchia scarmigliata e pallidissima, di età indefinibile. Dal cranio con ampie zone calve pendevano rade ciocche di capelli smorti. Gli occhi erano infossati, le guance scavate. Dalla bocca semiaperta a incamerare aria, un filo di bava colava sul mento e poi sulla camicia da notte chiazzata di cibo.

Le lenzuola erano scure di urina ed escrementi. Il brigadiere tirò fuori un fazzoletto e lo premette sul naso.

– Chi siete? Cosa succede? Perché il colonnello è entrato in vestaglia e poi se n'è andato? Dov'è mia figlia?

Ricciardi provò a calmarla.

– Scusateci, signora, siamo il commissario Ricciardi e il brigadiere Maione, della regia questura. Cerchiamo di capire e torniamo da voi.

Si avviarono verso la seconda fonte luminosa, seguiti dai richiami striduli della donna che continuava a chiedere cosa fosse accaduto.

Attraversarono due stanze che parevano in ordine. Tutto era abbastanza pulito, in netto contrasto con le condizioni dell'anziana nel letto.

Maione si affacciò alla porta dalla quale veniva l'altra luce, ostruendo l'ingresso con la propria mole.

– È qua, commissa'. Qua dentro.

Si mise da parte e fece un passo indietro, voltandosi. Sapeva che il primo contatto con la scena di una morte violenta competeva a Ricciardi, e che il commissario voleva essere solo. Non c'erano mai state domande sul perché di quella procedura anomala, e mai c'erano state spiegazioni.

Era cosí, e cosí sarebbe stato sempre.

Ricciardi entrò in una bella camera ampia. Al centro c'era un letto a baldacchino, dai tendaggi aperti e assicurati agli stipiti con dei nastri. Un comodino con sopra un libro e una lampada, una cassapanca, un armadio dalle ante intarsiate, una toeletta con una specchiera e una sedia. Un comò alto, cassetti chiusi e un ripiano in marmo sul quale campeggiava la statua di una Madonna addolorata, il cuore d'argento trafitto da spade, sotto una campana in vetro. La prima anomalia era lí: sul vetro pulitissimo c'era uno sbaffo rosso. Sembrava vernice. Ma non lo era.

Sulla cassapanca, Ricciardi rilevò una borsa, un soprabito e una sciarpa. Di una donna che forse era tornata a casa, oppure che stava per uscire. Poi vide ciò che aveva visto Maione dalla soglia: due piedi che sporgevano dalla base del letto.

Avanzò in quella direzione: il cadavere di una giovane era riverso al suolo. Il vestito era sollevato a scoprire le gambe, fasciate da calze color carne prive di smagliature. Il viso poggiava a terra sulla guancia sinistra, lo sguardo vitreo rivolto alle zampe del comò. Un braccio era steso lungo il corpo, un altro in avanti come per rialzarsi, il palmo della mano adagiato sul tappeto.

Il cranio era sfondato sopra la nuca. Una macchia scura si era allargata sotto la testa. Ricciardi osservò lo sbaffo sulla campana in vetro, sul lato opposto. E si guardò attorno alla ricerca dell'oggetto che aveva causato quella fine.

Non c'era niente.

Trasse un respiro e abbassò le palpebre. Le riaprí, e fissò lo sguardo spento della donna.

A ridosso della parete di fronte, quasi a fare da specchio alla Madonna addolorata, l'immagine della morta in piedi, il sangue e la materia cerebrale che colavano sul collo, gli occhi inespressivi ma con una scintilla di vita residua, sussurrava: *egoista, egoista, lasciami vivere. Egoista, egoista, lasciami vivere. Egoista, egoista, lasciami vivere.*

Richiuse le palpebre, scosse il capo come a cacciare via un mal di testa incipiente. Poi tornò alla porta e disse a Maione di chiamare subito il fotografo, il medico e una guardia da piazzare lí affinché nessuno entrasse fino al loro arrivo.

Tornarono alla stanza della vecchia che non aveva mai smesso di chiamare, tanto che la voce le si era ridotta a una specie di sibilo.

– Eccovi, finalmente. Ma che modi sono, lasciarmi cosí! Mi volete dire cosa sta succedendo? Vi pare giusto fare avanti e indietro senza nemmeno la buona grazia di informarmi?

– Signora, come vi chiamate? Chi vive in questo appartamento?

La domanda di Ricciardi sorprese la donna.

– Ma… ma non ve l'ha detto, il colonnello? E soprattutto, non avete letto la targhetta sulla porta? Io sono Angelina Cascetta, e questa è la mia abitazione. Sono vedova da tredici anni, mio marito era un medico importante, ne avrete senz'altro sentito parlare: il suo nome era Alberto. Viviamo qui io e mia figlia, Erminia. Se adesso voleste dirmi perché tanta gente mi gira per casa, ve ne sarei grata.

Maione disse:

– Signora Angelina, voi siete… Insomma, non potete alzarvi? Le condizioni…

Indicò con imbarazzo la sporcizia sulle lenzuola. La donna sembrò accorgersi solo allora dello stato del letto.

– Io sono immobilizzata, brigadiere. Lo sono da quasi dieci anni. E vi posso assicurare che con l'aiuto della signora Maria, la portinaia che pago profumatamente, sono molto piú presentabile. E quando lei non c'è ci pensa mia figlia, che stasera non si è degnata di rientrare. A meno che non sia stata lei a tornare qualche ora fa, quando ho sentito aprire la porta. Ma qui nemmeno si è affacciata.

Ricciardi si fece piú attento.

– Un momento, signora, fatemi capire. Avete udito aprire la porta, ma non sapete chi sia entrato?

– Io non posso muovermi, commissario, l'ho appena detto. Sí, ho sentito aprire la porta, e ho chiamato mia figlia credendo che fosse lei, ma non mi ha risposto nessuno. E da quel momento non ho fatto che urlare, urlare, urlare. A un certo punto si è affacciato il colonnello in vestaglia, che mi ha salutata come fosse normale vederlo vestito cosí, in casa mia, e subito si è allontanato, non rispondendo piú ai miei richiami. Poi siete arrivati voi, e avete fatto lo stesso. Adesso, per cortesia, posso sapere cosa sta succedendo?

Ricciardi trasse un respiro.

– Devo dirvi, signora, che purtroppo vostra figlia è deceduta. Il cadavere si trova nella sua stanza. È stata colpita sopra la nuca, con un corpo contundente che a un primo, superficiale sopralluogo non mi sembra essere rimasto sulla scena del crimine. Mi dispiace molto, credetemi. E mi dispiace di dovervi informare cosí.

La donna lo fissò, inespressiva. Poi si stese, appoggiò la testa sul cuscino e disse, con un filo di voce:

– E adesso chi mi pulisce il letto? Come faccio fino a domani mattina?

Maione, sconsolato, uscí dalla stanza.

VI.

Rachele sollevò la testa dalla pentola fumante nella quale stava rimestando con un lungo cucchiaio in legno. Aveva sentito la chiave girare nella toppa.

Guardò l'orologio alla parete: erano appena le 19:30. Avrebbe forse dovuto essere lieta di quel ritorno a casa anticipato, invece provò una fitta allo stomaco. Quel cambiamento era tutt'altro che positivo. Da ogni punto di vista.

Erano ormai otto mesi che il vicequestore Angelo Garzo, suo marito, rientrava presto dal lavoro. Non era mai accaduto, in passato. La smodata aspirazione a raggiungere i piú alti risultati professionali era stata il motore della sua vita, fin da quando si erano conosciuti da giovanissimi.

Per molto tempo, Rachele era stata convinta di essere solo un tassello nella costruzione della carriera del consorte. Era nipote di un prefetto di un certo rilievo, intervenuto per favorire movimenti funzionali alla crescita professionale di Angelo. E nulla era stato lasciato intentato nel tessere una rete di rapporti con personaggi importanti, prendere contatto con politici e gerarchi, partecipare a feste e incontri; il tutto a sostegno di una assoluta dedizione al lavoro, per il quale Rachele sospettava che non fosse in realtà assai portato, ma a cui lui dedicava ogni energia.

I risultati si erano visti, in quei venticinque anni: Angelo era approdato a un ruolo direttivo, in una delle questure piú importanti del paese. Erano stati anni faticosi ma felici, allietati da tre figli: le due grandi, Sara e Simona, e finalmente il piccolo Matteo, l'erede maschio tanto desiderato; e mai Rachele aveva smesso di aiutare Angelo nella parte non professionale della carriera, cercando di diventare, se non amica, almeno buona conoscente di donne di primo piano in città.

Le veniva naturale. Era una bella donna, benché severa nei lineamenti, e aveva una buona cultura alimentata da costanti letture e studio. La moglie giusta per un uomo ambizioso.

Poi però era successo qualcosa, o almeno lei lo immaginava, perché l'ultima promozione, la piú importante, quella che avrebbe dovuto assegnare al marito una questura, non era arrivata. Fino a otto mesi prima, Angelo non aveva parlato d'altro: fantasticava su quale sede gli sarebbe toccata, pianificava l'eventuale trasferimento della famiglia e la tipologia di scuole e di università a cui avrebbero iscritto i ragazzi. Una volta aveva persino letto alla moglie un ipotetico discorso di insediamento nel nuovo luogo di lavoro, in un ruolo di comando.

Poi, all'improvviso, l'argomento era sparito dalle conversazioni. Dagli occhi di Angelo era scomparsa quella scintilla di futuro, di desiderio e di ambizione.

Era subentrata un'espressione di malinconia, e di qualcos'altro che Rachele non sapeva decifrare.

Angelo si affacciò alla porta della cucina.

– Ciao, tesoro. Che buon profumo, stasera! E che bello essere a casa. Tolgo la giacca e vengo da te.

La regola che si era data era semplice: se avesse avuto bisogno di aprirle il cuore, avrebbe dovuto farlo lui. Lei doveva limitarsi a esserci, stargli vicino. Aveva sempre fatto cosí, e avrebbe continuato a farlo.

Attese qualche minuto, ma Angelo non tornò. Spense il fuoco sotto la pentola, si asciugò le mani nel grembiule e andò verso la loro camera, presa dall'inquietudine. La porta era socchiusa, e dallo spiraglio vide il marito seduto sulla poltroncina sotto l'abat-jour spento, in penombra. La sagoma era illuminata dalla luce di un lampione proveniente dalla finestra. L'uomo si copriva il viso con le mani, quasi piangesse.

Rachele esitò. Avrebbe dovuto allontanarsi in silenzio e in punta di piedi, andando ad aspettare in cucina. Ma non ce la fece. Entrò e si accoccolò ai piedi della poltrona.

– Ti prego, puoi dirmi che c'è?

Sussurrò. Ma fu come se avesse urlato, perché Angelo sobbalzò.

– Dio mio, Rachele, non ti avevo sentita... Niente, sono soltanto stanco, ho mal di testa. Mi stavo riposando un attimo qui, al buio, e...

– Che ti ho fatto di male? Perché mi fai questo?

– Ma cosa... Che dici, amore mio? Di che parli? Tu non mi hai fatto niente, sono solo stanco e...

Gli mise una mano sul braccio.

– Ascoltami, Angelo. Mi hai sempre parlato di tutto. Difficoltà sul lavoro, soldi, soddisfazioni professionali: non hai mai taciuto su nessun argomento. Io ti conosco come non ho mai conosciuto nessuno. Di piú: io ti prevedo. A volte penso che mi dirai una frase, proprio le parole esatte, e tu la pronunci subito dopo. E sono certa che per te è lo stesso. E adesso vuoi farmi credere che stai solo riposando gli occhi? Mi nascondi qualcosa. E ancora piú di sapere che cosa, voglio sapere perché.

Angelo rimase zitto, spostò piano lo sguardo verso la finestra. La luce lattiginosa penetrava attraverso il vetro appannato. Faceva freddo, e l'esterno non era mai sembrato cosí ostile.

– Quello che sta succedendo là fuori, Rachele. Tu lo sai, quello che sta succedendo in realtà?

La donna sapeva. Tutti sapevano. Le notizie che giungevano dall'estero facevano paura. E le leggi, le atroci leggi che ridisegnavano la presenza di quelli come lei nella vita del paese erano perfide e inaccettabili. Ma era anche vero che l'Italia aveva scelto una posizione di non belligeranza; e che in città nessun ebreo era stato arrestato.

Lei, Rachele, non aveva dovuto lasciare il posto di lavoro perché non ne aveva mai avuto uno; e i figli, che portavano il cognome del marito, non avevano dovuto abbandonare la scuola e l'università. C'era preoccupazione e rabbia, ma a loro non era successo niente di grave. Come mai Angelo parlava di questo, ora?

– Amore, ma perché ti tormenti cosí? Stiamo bene, e nessuno sa che io... della mia origine, voglio dire. Andiamo a messa, siamo conosciuti, abbiamo tanti amici importanti. Se pensi che la tua carriera possa subire qualche battuta d'arresto, io credo che...

Garzo batté il pugno sul bracciolo della poltrona, con un tonfo sordo. Rachele portò una mano alla bocca.

– La carriera? Io me ne frego della carriera! Non ti rendi conto! È questione di tempo! Ho notizie di quello che sta accadendo in Germania, in Polonia, in Austria! Le cose possono precipitare in un attimo. La carriera non esiste piú, Rachele. Forse non è mai esistita. Dobbiamo occuparci di altro, capisci?

La donna lanciò uno sguardo all'interno per cogliere l'eventuale movimento dei figli, nel timore che avessero percepito qualcosa di quella conversazione.

– Calmati, tesoro. Ti ripeto, nessuno sa della mia origine. Il cognome Pistoia non lo uso mai, e noi non frequentiamo nessuna famiglia ebrea. Secondo me ti stai agitando troppo, e...

La voce del marito fu quasi impercettibile. Eppure risuonò come un colpo di pistola.

– Lo sanno. Sanno di te e dei nostri figli. Lo sanno.

A Rachele sembrò che il proprio cuore fosse divenuto un tamburo.

Poi Angelo disse, lugubre:

– Dobbiamo andarcene, amore. Andarcene lontano.

VII.

Per il fotografo ci volle piú di mezz'ora, per il dottore quasi un'ora. E anche Ricciardi e Maione ci misero del tempo a perlustrare l'ambiente e interrogare il colonnello Abbamonte.

L'appartamento delle Cascetta stava al piano nobile dell'antico palazzo, che, come tutta la zona circostante, aveva conosciuto momenti migliori nonostante il risanamento. Le camere da letto davano sulla strada e pagavano la buona esposizione con un costante rumore di fondo derivante dal transito di carri e vetture. Peraltro, una curva stretta e cieca a breve distanza rendeva necessario – sia a chi andava sia a chi veniva – avvisare con un colpo di clacson del proprio passaggio. Maione si domandò come si facesse a dormire con un tale frastuono.

Cucina, dispensa, tinello, ripostiglio e stanza della servitú adibita a deposito di masserizie si affacciavano su un cortile interno, silenzioso e buio. I due poliziotti controllarono le vie d'accesso, cosí come le finestre che erano comunque ben serrate: si poteva entrare solo dalla porta, non c'erano dubbi. E il fatto che fosse socchiusa, come l'aveva trovata il colonnello, era un ulteriore elemento di stranezza. Quasi che l'assassino, compiuto il delitto, non avesse voluto far rumore richiudendo il battente, a costo di consentire una facile via d'accesso al luogo del crimine.

Abbamonte li ricevette in casa. Si era pettinato, ricollocando il riporto nella sede destinata. Indossava un abito logoro, e soprattutto aveva liberato dalla mascherina i favolosi baffi che puntavano orgogliosi verso l'alto.

Non forní molti elementi di novità. Era un uomo riservato, e lo erano anche le due inquiline del primo piano. Il colonnello aveva conosciuto il dottore, defunto marito di Angelina, e ne conservava un ricordo nitido e degno di rispetto. Non riferí di litigi tra madre e figlia, né di traffici poco chiari, e nemmeno di visite da parte di chicchessia.

Per quanto riguardava la servitú, confermò che a tenere compagnia all'anziana, immobilizzata a letto da diversi anni, saliva la portinaia, la signora Maria Colicchio, e a sbrigare le faccende domestiche la nipote di lei, Titina. Maria gli aveva riferito che, al quarto tentativo di assumere una ragazza che dormisse nell'appartamento, la signorina Erminia aveva dovuto rinunciare perché la madre non ne sopportava la presenza costante. Nel dirlo il colonnello arrossí, come vergognandosi di essere stato destinatario di un pettegolezzo.

Ogni tanto, fra un sopralluogo e l'altro, Ricciardi e Maione si affacciavano nella stanza della vecchia per verificare come stesse. Era rimasta girata verso la parete, senza muoversi né fiatare. Il commissario aveva allora chiesto a Maione di telefonare in ospedale, e di dire a Bruno Modo di portare con sé un'inserviente per farla ripulire; aveva pena a vederla in quelle condizioni.

Si formò l'idea che chi era entrato fosse noto alla vittima: la porta lasciata aperta avrebbe permesso al colonnello di cogliere una conversazione dai toni alterati, o una lite; non c'erano segni di effrazione né di colluttazione; nessuna traccia di sangue lungo il passaggio né impronte di alcun tipo. Niente di niente.

L'ipotesi di una netta percezione dei suoni fra l'appartamento e l'esterno gli fu confermata di lí a breve, quando arrivò il dottor Modo accompagnato dall'inserviente sollecitata dal commissario e dall'immancabile dottor Severi. Pur parlottando in tono sommesso, quello che si dicevano risultò a Ricciardi udibile alla perfezione.

I tre si misero subito al lavoro, dopo un cenno di saluto a Ricciardi e Maione. Il commissario decise di mandare via il brigadiere, che aveva concluso il turno da almeno due ore. Raffaele protestò, insistendo per rimanere finché i medici avessero concluso l'esame e autorizzato i necrofori a procedere, ma Ricciardi fu deciso.

– Vai a casa, Raffaele. La tua famiglia ti aspetta per cenare, e mi dispiace per i ragazzi, non certo per te.

Il poliziotto si toccò la visiera e se ne andò in fretta. Ricciardi si mise a osservare i medici all'opera.

Una legge entrata di recente in vigore prevedeva che a sessant'anni si dovesse andare in pensione, e Modo li aveva già superati. A Ricciardi pareva normale che gli fosse stato affiancato chi, in prospettiva, avrebbe dovuto prenderne il posto, anche se riteneva gravissimo perdere una professionalità e un'esperienza come quelle dell'amico.

Bruno, però, non la pensava cosí. Era sicuro che Cesare Severi, romagnolo come il duce, fosse una spia collocata vicino a lui al solo scopo di testimoniarne l'attività antifascista e disporne l'arresto e il confino. Non aveva elementi a conforto di questa tesi, ma ne era cosí convinto che la diffidenza nei riguardi del collega rasentava la maleducazione.

Adesso, per esempio, si era avvicinato a Ricciardi mentre l'altro, accovacciato a terra, esaminava le ferite, e disse a voce alta abbastanza da essere udito da Severi:

– Vedrai che ora dirà che non si può escludere l'avvelenamento da cibo avariato. Non vorrei essere al tuo posto, amico mio. Goditi questi giorni: sono gli ultimi nei quali potrai contare sulla vera competenza.

Ricciardi vide le orecchie di Severi arrossarsi, e provò quel sentimento strano secondo il quale ci si vergogna al posto di qualcuno e si vorrebbe essere in tutt'altro luogo.

Reagí perciò con un tono piú duro del lecito.

– Ah, sí? E allora cosa mi dice la vera competenza? Sono curioso.

– Due colpi, direi. Il primo alle spalle, quando la signorina, per inciso una magnifica ragazza, era in piedi davanti al comò, forse a rimirarsi allo specchio. Il secondo dall'alto, fra nuca e tempia. Una bella forza, botte secche.

– Con quale oggetto può essere stata picchiata? E dalla stessa persona, secondo te?

Severi fu lesto a rispondere, da terra.

– La stessa persona, commissario. I colpi sono compatibili con il medesimo punto di partenza, dietro la vittima. Un altro individuo non avrebbe avuto spazio. E ha usato un bastone di una sessantina di centimetri, percuotendo la donna con la parte centrale della mazza alla prima randellata e piú verso la cima alla successiva. L'assassino è rimasto in piedi, non ha cambiato posizione.

Modo assentí, beffardo.

– Ah, sí? E da cosa lo capiamo, caro collega? Dal colore del sangue?

Severi si girò. Era grassoccio, e dacché era in città si era arrotondato ancora di piú a causa dell'evidente passione per la cucina locale.

– Lo capiamo dal tipo di ferite, Bruno. Da sfondamento la prima, quindi prodotta da una mazzata vibrata dall'alto verso il basso; e la seconda, da cui deriva la lacerazione, è stata inferta in questa maniera –. Imitò il gesto, serrando le mani, in direzione della testa del cadavere. – Credo però che la ragazza fosse già morta, quando ha ricevuto il secondo colpo. Mi riservo di confermarlo dopo l'esame necroscopico, ma cosí mi sembra.

Modo ridacchiò. Ricciardi chiese:

– Circa l'orario della morte, siamo in grado di ipotizzare qualcosa?

Severi si era già fatto un'idea.

– Direi tre o quattro ore fa. Piú quattro che tre, forse anche cinque, l'ambiente è riscaldato.

Modo concordava.

– Sí, piú o meno. Bravo, Severi. Diventerai un buon medico. Tra qualche anno, e naturalmente se farai soltanto il medico.

Il collega si alzò in piedi a fatica, e fissò Bruno aggrottando la fronte.

– Se è un complimento, ti ringrazio. Ma cos'altro dovrei fare, a parte il medico?

Ricciardi ritenne opportuno interrompere la conversazione e prese l'amico sottobraccio.

– Bruno, verresti con me di là? Dovrei chiederti una consulenza familiare.

Quando furono sul pianerottolo, gli disse, secco:

– Io non ti capisco, davvero. Non c'è logica.

Modo accese una sigaretta, con noncuranza. Ricciardi non colse in lui alcuna traccia dell'antica ironia.

– Che vuoi dire? Quale logica?

– La maniera in cui lo tratti. I casi sono due: o hai ragione, ed è un collaboratore della polizia politica, oppure hai torto. Se hai ragione, lo incattivisci e lo induci a rovinarti una volta per sempre. Se hai torto, come io credo perché non c'è alcuna evidenza del contrario, non fai che mortificare una brava persona che vive anche lontano da casa. Che senso ha?

– Il senso, mi chiedi? Il senso di che? Non ti guardi attorno? La Germania ha invaso uno Stato sovrano, senza motivo. Migliaia di persone, in quel paese e qui, sono cacciate dalle scuole e dai posti di lavoro solo per il cognome che hanno. Il pazzo testa di vacca millanta di non voler entrare in guerra, ma continua a stanziare milioni per navi, aerei ed esercito, oltre a mandare truppe in Spagna a sostegno dei fascisti e a radicarsi in Africa, ammazzando i nativi come le mosche, e non dire di no perché si sa con certezza. Il senso, amico mio, è sempre lo stesso: restare umani. E non portare il cervello all'ammasso, come fate tu e quelli come te.

Prima che Ricciardi potesse ribattere, arrivò l'inserviente incaricata di pulire il letto dell'anziana. Era una ragazza robusta in camice bianco, con una leggera peluria sul volto e l'aria sveglia.

– Dotto', io ho terminato, la signora può stare fino a domani mattina. Certo, il bagno sta un po' lontano dalla stanza sua, ma ha fatto pure i bisogni, quindi può aspettare che arriva questa signora Maria, che mi dice che l'assiste.

Ricciardi confermò.

– Vi ha detto per caso qualcosa sulla figlia, signorina?

– No, solo di questa signora Maria. Secondo me non ha capito bene quello che è successo, commissa'. Non mi pare che si rende conto.

Arrivò Severi, l'espressione cupa che poco si confaceva al suo carattere gioviale. Si salutarono, mentre i quattro addetti dell'obitorio entravano per completare il lavoro. Ricciardi dispose che le guardie si alternassero a presidiare l'ingresso fino all'indomani, quando lui sarebbe tornato per gli interrogatori.

E finalmente se ne andò a casa, da Marta.

VIII.

Raffaele Maione si era sempre attenuto a un principio: non portarsi il lavoro a casa. E questo per due motivi, uno egoistico e l'altro altruistico.

Il primo riguardava la necessità di chiudere fuori il dolore. La materia con cui aveva a che fare mentre indossava la divisa era talmente melmosa da rischiare di contaminare qualsiasi cuore, e Maione l'aveva visto accadere cosí tante volte da essere terrorizzato all'idea che potesse succedere anche a lui. Per cui in famiglia sorrisi e rimproveri, amore e litigi a volontà, purché non fossero mai motivati da quello che il brigadiere aveva visto poco prima di varcare la soglia.

Il secondo era l'amore immenso che provava per la moglie e i figli. Si congratulava ogni giorno con sé stesso per aver tenuto fede al proprio precetto. Non se lo sarebbe perdonato se, con le sue vanterie, fosse stato lui a influenzare le scelte dei figli maggiori, che avevano appunto deciso di fare i poliziotti. Anzi, poteva dire senza tema di smentita che li aveva osteggiati in qualsiasi modo. Luca, che era rimasto ucciso in un'azione di polizia e tutte le notti gli veniva in sogno, aveva voluto quel lavoro con forza testarda; e

Giovanni, che aveva cominciato da poco, non era stato da meno. Ma nessuno avrebbe potuto darne la colpa a Raffaele.

Lucia, la moglie, non faceva domande. L'unico suo pensiero era strappare stanchezza e tristezza dagli occhi del marito quando rincasava, magari in grande ritardo come quella sera. Faceva cenare i figli secondo i rigidi orari familiari, e appena lo udiva rientrare trascinando i piedi sotto il peso della lunga fatica, buttava i maccheroni in padella e li ripassava, curando che si formasse la crosticina che sapeva provocare mugolii di piacere nell'uomo che amava: e metteva in tavola due piatti, perché lei non mangiava se non con lui.

Maione andò in camera, per riporre giacca e cappello; poi si spostò in cucina, in maniche di camicia e bretelle, guidato dall'odore celestiale e dallo stomaco che brontolava. Nell'ultimo sospiro prima di entrare in casa e di accarezzare i capelli striati di grigio di Lucia, c'erano una ragazza riversa sul pavimento con la testa spaccata e una vecchia che urlava da un letto sporco di urina ed escrementi, e con esse tutto il male del mondo.

Lucia gli disse della propria giornata, fatta di botteghe, di prezzi e di pettegolezzi di quartiere. Del Natale che si avvicinava senza essere il solito Natale, pieno di nebbia e di incertezza com'era. E delle difficoltà a far quadrare il bilancio, dei salti mortali per trovare il fornitore piú conveniente. Maione, fra un boccone e l'altro, si godeva ogni parola. Quel racconto di piccole e grandi cose era una porta che faceva uscire il poliziotto dal suo universo triste, accogliendo il papà nel difficile e dolcissimo mondo della famiglia.

Lucia disse ancora di Maria e di Benedetta, e delle loro divise da Giovani Italiane: il basco in lana nera, la camicia bianca col fregio, gladio romano in oro e M rossa sovrapposta. Di quanto fossero splendide e diverse, estroversa e orgogliosa l'una, tenera e sorridente l'altra, sempre insieme come due metà della stessa persona. Accennò che entrambe si scambiavano segni d'intesa nel parlare di Vincenzo, il figlio ventenne del ragioniere Cardella che abitava al piano di sopra, bruno e bello, che scendeva e saliva le scale a quattro a quattro cantando a voce spiegata. Maione grugní, infastidito, senza smettere di masticare: la gelosia verso le figlie era una via di mezzo tra un gioco autoironico e la pura verità.

Poi la donna condusse il discorso su Antonio, il figlio quattordicenne, e il tono mutò.

Anche lui era un bravo ragazzo. L'educazione e l'amore di cui godeva erano gli stessi, e l'anima dei Maione era la stessa, pur nelle differenze caratteriali; ma qui le questioni erano altre.

Di tutti i figli, Antonio era il piú problematico. Introverso e silenzioso, non si comprendeva mai a cosa stesse pensando. Alternava scatti di rabbia – specie nei confronti dei fratelli piú piccoli – a momenti di grande tenerezza verso i genitori che talora arrivavano a sorprendere. Non aveva memoria di Luca, il fratello maggiore morto quando lui aveva solo tre anni, e anche se ormai se ne parlava di rado, quando veniva fuori l'argomento il giovane si allontanava; quasi non avesse piacere di affacciarsi su una famiglia che non aveva conosciuto e tutti rimpiangevano. Non aveva amici, non legava con nessuno a scuola, non cercava la compagnia dei fratelli. Stava per conto proprio.

Maione lo capiva poco e Lucia se ne preoccupava troppo. Stavolta, però, lei aveva qualcosa di interessante da riferire, ed era particolarmente allegra.

– E insomma, lo dovresti vedere. Dacché è passato da Balilla ad Avanguardista è cambiato da cosí a cosí. Si prepara con un anticipo enorme, quando per farlo alzare dal letto ci volevano le minacce. E adesso è il primo a svegliarsi, si lava con l'acqua fredda perché dice che i soldati si lavano con l'acqua fredda, mangia di meno perché dice che è grasso e invece i soldati sono magri, fa le flessioni e i fratelli lo sfottono.

– E a te fa piacere, 'sta cosa? Già l'aria che tira è brutta, con i tedeschi che fanno la guerra alla Polonia e l'esercito nostro che va in Africa e in Albania. In giro è pieno di militari, non ci hai fatto caso?

– Ma che c'entra? Questi sono bambini. È una specie di gioco. E poi fanno cose sane, ginnastica, esercitazioni, disciplina. Tutto è meglio che stare per strada dalla mattina alla sera, come facevamo noi da piccoli e come facevano i nostri figli piú grandi. Secondo me è un fatto buono, invece. Li educano a stare insieme, sapessi come sono belli, allineati e in divisa.

Raffaele spezzò del pane e ne morse un po'.

– A me, ti dico la verità, l'idea di un fucile in mano a un bambino non piace. E questo modo che hanno di dare piú retta a un fessacchiotto di vent'anni invece che a un padre mi sembra un'assurdità. A te no?

– Eccoti qua. La verità è che sei geloso, caro brigadiere. Vorresti che loro stessero a sentire solo te. Le femmine non debbono guardare i ragazzi, i maschi non debbono avere altre autorità. Non hai ancora imparato? I bambini crescono, te ne sei scordato? E noi ci facciamo vecchi.

Maione si alzò e si sgranchí la schiena.

– Sarà pure cosí, non dico di no. E se Antonio è contento, io sono piú contento di lui. Lo sai che i figli sono la prima cosa, per me.

Lucia raccolse i piatti.

– Sí, sta bene. Io lo sento pieno di vita, di voglia di affrontare la giornata. Parla sempre di questi suoi camerati, di questo caposquadra, Michele, che è piú grande ma lo reputa bravo e dice che diventerà un ottimo soldato. Mai l'ho visto cosí felice.

Raffaele l'abbracciò da dietro, mentre lei lavava le stoviglie nell'acquaio.

– Però, di tutto quello che hai detto, una cosa te la devo contestare se no mi rimane sullo stomaco. E con i maccheroni che mi sono mangiato, non posso tenere piú niente, sullo stomaco.

Lei si girò e gli mise le braccia bagnate attorno al collo.

– Ah, sí? E che cosa? Che i bambini crescono?

– No. Che noi ci facciamo vecchi. Perché tu, signora Maione, non sei mai stata cosí bella. Almeno per quello che ricordo.

– E questa è un'altra cosa dei vecchi, vedi? Non si ricordano piú niente.

– E tu rinfrescami la memoria, allora.

E la baciò, davanti all'acquaio della cucina.

Che era il posto giusto, tutto sommato.

IX.

Lo stesso tragitto, ma in una mattina in cui il cielo cupo minacciava pioggia, nel freddo umido di dicembre e col Natale incombente.

Il primo giorno di indagini, quello in cui Ricciardi e Maione dovevano sollevare il velo su una vita morta, penetrando in un'esistenza che non esisteva piú.

I bottegai stavano col naso per aria, per capire se la merce poteva essere collocata all'esterno cosí da attrarre i clienti, oppure all'interno per ripararla dai probabili scrosci. Per gli ambulanti era piú facile: non avevano scelta. Affrettavano i richiami, per contrarre i tempi e vendere tutto il vendibile finché l'acqua non cadeva; nel caso, avrebbero dovuto trovare riparo sotto uno dei rari portici o nell'andito di un palazzo se il portinaio era un amico, o se gradiva un regalo in natura in cambio del ricovero. Il guaio lo passava chi aveva un negozio angusto e non poteva far altro che confidare nella sorte.

Sacchi di orzo, ceci, fagioli; e olive, acciughe, *papaccelle*, i peperoni rossi e rotondi, dentro secchi in metallo sistemati strategicamente per essere riportati in fretta all'interno. Insaccati e formaggi appesi fuori delle salumerie, cosí sensibili all'acqua da comportare un'eventuale gara di velocità per ripararli dal disastro. La speranza di segno opposto era per l'ombrellaio, che invece esponeva all'esterno del proprio bugigattolo festosi parapioggia femminili, e sfidava il freddo mettendosi al lavoro col banchetto sulla soglia.

Tutti gettavano ai poliziotti in transito un'occhiata rispettosa ma ostile. Nella migliore delle ipotesi, vedevano in loro dei menagramo; nella peggiore, temevano un'ispezione di qualsiasi natura. Erano tempi di delazioni, quelli.

Nei pressi dello stabile dove si era verificato il delitto stazionava un piccolo assembramento, al centro del quale una donna di mezza età gesticolava intrattenendo la folla. All'arrivo dei due, accompagnati dalle guardie che dovevano dare il cambio a quelle che avevano presidiato il luogo durante la notte, la gente si dileguò e la donna andò loro incontro.

Doveva essere stata una bella ragazza, in gioventú: ma il tempo e la vita avevano lasciato tracce impietose, incluso uno sgarro sulla guancia che le conferiva un'aria sinistra. Capelli grigi trattenuti da una fascia, rughe profonde sulla fronte e sul collo, dentatura irregolare, mani grosse e callose; ma occhi vivaci e attenti, e una voce da contralto che tendeva a usare a pieno volume.

Maione e Ricciardi si presentarono, e lei confermò di essere Colicchio Maria, portinaia dello stabile.

Il brigadiere andò subito al dunque.

– Signo', sapete senz'altro quello che è successo al primo piano, nell'appartamento delle Cascetta. Ne stavate parlando proprio adesso agli spettatori che sono venuti a teatro a prima mattina. Perché non ci dite qualcosa pure a noi?

– Brigadie', io niente vi posso dire su quello che è capitato. Magari voi a me, visto che non c'ero. So quello che mi ha raccontato chi stava qua ieri sera.

Ricciardi intervenne.

– E voi dove stavate, signora? Chi c'era, con voi?

Maria lo scrutò dall'alto in basso, le mani sui fianchi. Non sembrava per niente in soggezione.

– Commissa', volete dire qualcosa? Io stavo a casa mia, a duecento metri da qua. Con mia nipote Titina e mio marito Pasquale, che non lavora e campa sulle spalle mie. Potete verificare.

Maione annuí.

– Verificheremo, state tranquilla. Ci risulta che voi assistete la signora Angelina, è cosí?

– Sissignore, quando non sono in servizio mi accollo quel guaio. E quando devo badare alla portineria, ci va mia nipote per ogni necessità momentanea e per le pulizie, ma se c'è qualche problema mi viene a chiamare e io devo correre. Perché, è proibito?

Maione scattò.

– Signo', mettiamoci d'accordo: noi facciamo le domande e voi rispondete, e con rispetto. È chiaro? Perché a portarvi in questura ci impieghiamo due minuti. Va bene?

– Va bene, brigadie', non vi scaldate ché vi fa male, con 'sto freddo. È che io con questa cosa brutta non c'entro niente e ve lo volevo far capire, tutto qua.

Ricciardi riprese, calmo:

– Nessuno dice che c'entrate, signora. Ma conoscete la casa, e l'unica che ci può fornire informazioni siete voi. Chi ha le chiavi dell'appartamento?

La donna assunse un'aria guardinga.

– La signorina per forza ce le ha. E un altro mazzo ce l'ho io, per andare dalla signora Angelina quando la signorina non… quando capitava che usciva, insomma.

Maione domandò:

– E capitava spesso, che la signorina usciva?

– Poteva succedere, sí. Magari per incontrare qualche amica, non lo so. Andava, veniva, che vi devo dire, brigadie'? Se la signora Angelina aveva bisogno, io dovevo poter entrare, vi pare?

Ricciardi percepiva una barriera di reticenza che provò a forzare.

– Signora, vi prego, parlate chiaro. Altrimenti quello che ci sta da sapere lo scopriremo in un altro modo e per voi sarà solo peggio. Ci siamo intesi, sí?

Un lampo di comprensione guizzò negli occhi di Maria, che assentí. Ricciardi allora insistette.

– La signorina. Parlatemi di lei. Lavorava? Dove? Che vita faceva, chi frequentava?

Maria fece una risatina beffarda.

– Lavorare? La signorina Erminia? E quando mai, commissa'… No, no. Non lavorava.

Maione intervenne.

– E come vivevano, lei e la madre? Non mi pare di aver visto segni di indigenza, in casa.

– Ah, e che ne so, brigadie'? Io mi faccio i fatti miei. A me mi pagava puntuale, anzi, certe volte mi proponeva di restare la notte con la signora e mi avrebbe dato pure di piú. Ma mio marito non voleva, e la signora Angelina non consentiva volentieri che la figlia stesse fuori a dormire. Faceva la pazza.

Ricciardi la scrutava, attento.

– Non vi piaceva, la signorina. Vero? Non vi era simpatica.

– A me? Che c'entra, commissa', io mica mi metto a giudicare quello che fa la gente. Come portiera del palazzo, la vedevo entrare e uscire e basta. Insomma, non è che parlavamo assai.

Maione provò ad approfondire.

– E riceveva persone? Veniva qualcuno a trovarla?

– Con me in portineria, mai. Poi la sera, quando me ne tornavo, non lo posso sapere.

– E quando eravate di sopra, con la signora?

– Brigadie', se ci stavo io non ci stava la signorina. Semplice. Io ero chiamata solo se la signorina non c'era.

Ricciardi chiese:

– E succedeva spesso?

Di nuovo la donna ridacchiò.

– Spesso, commissa'. Spesso e volentieri. Quello che vi posso dire è che certe volte arrivava una bella macchina grande a prendere la signorina Erminia. Con tanto di autista.

Dal cortile giunse il suono di un alterco tra due voci femminili.

Maria sospirò.

– Eccole qua, la Basile del quarto piano che annaffia le piante e l'acqua va sulle lenzuola della Tescone al terzo piano. Fanno sempre cosí. Con permesso, commissa', vado a farle smettere se no qualcuno chiama la polizia. Senza offesa, eh?

X.

Nelide continuava ad affacciarsi al balcone e ogni volta rientrava piú corrucciata, indurendo l'espressione già arcigna che in genere rimaneva tale anche durante le poche ore di sonno che si concedeva. Aggrottava il fitto sopracciglio che si allungava da una tempia all'altra. L'alone scuro che spiccava sul labbro superiore faceva pensare a dei baffi da adolescente in rapido infoltimento.

Fissò fiammeggiante l'unica occupante della stanza.

– Barone', non potete uscire. Non se ne parla proprio. *Si lu sole 'nzacca inda lu mare malamènte, lu maletièmpo nu' tarda pe' se fa' sènde.*

L'altra arricciò la bocca. Rispose con calma olimpica, fatto notevole per una bambina di cinque anni, e la fronteggiò senza timore.

– Non pioverà, Nelide. E in ogni caso, il nonno ha l'ombrello. E se poi invece dovesse piovere forte, entreremo in una sala da tè e berremo la cioccolata fin quando il sole non torna.

La governante sbuffò, le mani sui fianchi. O almeno, dove avrebbero dovuto trovarsi i fianchi, se il suo corpo avesse avuto una forma diversa da quella di un cubo.

– Siete stata raffreddata, barone'. Vi siete scordata che avete tossito tutta la notte, martedí scorso? È pericoloso trascurare i segnali. *Nisciunu male fuie mai senza castigo.*

L'ultima frase era stata pronunciata in tono lugubre, mentre il precedente proverbio cilentano era solo una previsione marinaresca relativa al fatto che difficilmente il bel tempo si manifesta dopo un brutto tramonto, proprio come era accaduto il giorno prima.

Marta Ricciardi, però, sapeva battersi su quel terreno. Si lisciò il soprabito che aveva già indossato.

– Dài, andiamo, ché il nonno aspetta. E poi, non vedi come sono bella? *Quanno mai 'u sole s'è muorto re friddo?*

La donna non rise, neanche davanti all'accento perfetto della bambina: in effetti, rifletté, è proprio come il sole. E il sole non può avere freddo.

– *Nun g'è peggio surdo re chi nun bole sènde*...

Nelide prese il pesante cappotto in lana ruvida, insieme al cappello floscio che la faceva sembrare uno strano tipo di fungo. Marta volò leggera per le scale, dritta fra le braccia di Giulio, che l'aspettava dinanzi al portone come un innamorato devoto.

– Ciao, bimba del mio cuore. Ricordi il patto, vero? Al primo brivido di freddo...

– Te lo dico e torniamo a casa. Ma non sentirò freddo, nonno. Io ho il papà che è nato in montagna, anche se non ci sono ancora andata. Il freddo non mi tocca.

La passeggiata, per nonno e nipote, era un appuntamento inderogabile. Avveniva il martedí, giorno in cui, oltre al sabato e alla domenica, la piccola era libera dall'impegno con l'istitutrice a casa di Bianca Palmieri di Roccaspina.

Giulio Colombo, invece, da un paio di mesi si era liberato dell'obbligo di presenziare al negozio. Il marito della figlia Susanna, al quale aveva ceduto l'attività a seguito delle leggi sulla razza, gli aveva infatti riferito che anche quella collaborazione di facciata poteva determinare la chiusura dell'esercizio da parte dell'autorità. Lui sospettava si trattasse di una finzione tesa a toglierselo di torno. Ma era stanco, e sentirsi indesiderato in quella che riteneva ancora casa sua gli era insopportabile. Aveva quindi accettato la proposta di pensionamento, e adesso si aggrappava alla passeggiata con Marta come un naufrago alla zattera.

Si avviarono lungo via Roma, in direzione di piazza Dante Alighieri. Nelide si muoveva rapida qualche metro piú indietro, pronta al balzo felino in caso di necessità. Non faceva mistero con Ricciardi di temere che l'età di Giulio comportasse un calo fatale dell'attenzione, e quindi non aveva accolto la proposta di lasciarli soli il martedí. Nonno e nipote avevano deciso di ignorarla, prendendola come un accidente della vita.

Conversarono piacevolmente. Marta aveva una profondità e una dolcezza che Giulio conosceva bene, e per due motivi: perché erano aspetti del suo stesso carattere, ragion per cui la sintonia con la bambina era scattata sin da quando l'aveva tenuta in braccio la prima volta; e perché Marta somigliava sempre di piú alla madre, che era stata la parte piú importante del cuore di lui e che, dopo cinque anni, ancora gli mancava come l'aria.

Marta riferí a Giulio cosa aveva imparato a casa della contessa quella settimana: canto, disegno, rudimenti di giardinaggio e igiene personale. Gli disse di Federico, il compagno di studi, di quello che pensava della madre, di Bianca e del suo mondo, e il nonno provò una fitta allo stomaco al pensiero che la bimba immaginasse di sentire la voce di un sordomuto. Gli disse poi anche del papà, di come tutte le sere le parlasse della mamma; e Giulio ritrovò la dolcezza di Enrica, rendendosi conto di non averla affatto perduta.

Lui le raccontò dei bambini vestiti da soldati, dei preti che benedicevano le armi, delle donne che donavano pentole in rame per finanziare la guerra. Sapeva che Marta non poteva comprendere tutto, ma Giulio sperava che qualche seme attecchisse nella fertile mente della nipotina.

Giunsero alla Villa Nazionale, meta di ogni martedí. Il regalo del giorno furono le caldarroste, avvolte da un *cuoppetiello* in carta di giornale, bollenti e comprate a un carretto da cui si sollevava una colonna di fumo bianco che dava calore solo a guardarla.

Nelide si avvicinò rapida, prese le castagne senza avvertirne la temperatura rovente e con le dita nodose le sbucciò per Marta, alla quale le consegnava dopo averci rumorosamente soffiato sopra. Giulio scuoteva il capo davanti ai passanti che osservavano divertiti la scena.

Si spostarono verso il principale divertimento per i bimbi: il carretto trainato dalle caprette. Nelle ultime settimane non c'era stato, con grande dispiacere di Marta che adorava quegli animaletti dalle piccole corna che la trasportavano come una principessa, sotto gli occhi luccicanti di invidia dei bambini che non se lo potevano permettere.

Stavolta non c'era la vecchietta che di solito noleggiava il mezzo, ma un giovane tarchiato vestito da contadino. A gesti, fece capire a Giulio che la nonna stava male ed era rimasta al paese, e che lui, il quale non poteva parlare, la sostituiva ma le caprette erano le stesse.

Il nonno pagò, e Marta montò a cassetta. Il giovane si mise a trainare le caprette e il carretto si avviò per il breve giro della Villa. Nelide si pose al seguito, trotterellando lungo il filare di alberi.

Il percorso scorreva per qualche centinaio di metri, con ritorno al punto della partenza dove Giulio avrebbe atteso, seduto sulla panchina col suo giornale.

Appena dietro la prima curva, Marta smise di sorridere e piegò la testa, come faceva sempre quando ascoltava.

Udiva il ragazzo dirle cosa le avrebbe fatto se non si fossero trovati in mezzo a tutta quella gente; che era ciò che faceva d'abitudine alle sorelline, al paese; e come avrebbe reagito se le bambine ne avessero mai parlato con qualcuno.

Marta sbiancò e lanciò un urlo, terrorizzata.

Nelide si scagliò sul giovane e lo gettò a terra, mollandogli un calcio nel basso ventre. Non sapeva che colpa avesse commesso: le bastava l'urlo della baronessa.

La prese in braccio e la riportò indietro, da Giulio.

Marta, pallida, disse solo:

– Ho freddo, nonno. Vorrei tornare a casa, se non ti dispiace.

XI.

La chiacchierata con la portinaia aveva, se non altro, rivelato le zone d'ombra nell'esistenza della vittima.

Maione, sul pianerottolo davanti all'ingresso presidiato dalla guardia, si grattò la fronte.

– Commissa', secondo me dobbiamo scoprire prima di tutto chi poteva entrare con la signorina seguendola fino alla camera da letto, per poi ammazzarla e andarsene senza nemmeno chiudere la porta.

– Sí, Raffaele. E per farlo, dobbiamo pure capire che vita conduceva la ragazza. Come si manteneva, le persone che frequentava. Le cose non sono chiare, a cominciare dall'autista che la veniva a prendere con la macchina. Facciamo cosí: io parlo con la madre, vediamo se è piú loquace di ieri. Tu fatti un giro nei dintorni, bottegai, ambulanti, artigiani, gente che abbia qualcosa da dire su di lei, insomma.

Il brigadiere si toccò la visiera e si avviò per le scale. Ricciardi entrò nell'appartamento, ma prima di recarsi dalla signora Angelina andò verso la stanza della vittima. Si fermò sulla soglia, le mani in tasca. Trasse un respiro profondo.

Il Fatto. Cosí lo chiamava.

Il Fatto. La sua attitudine, il peso che trascinava e dal quale era stato sempre trascinato. La sua condanna.

Il Fatto. La voce e l'immagine sbiadita di chi era stato ammazzato, l'ultimo pensiero tagliato a metà dalla morte, che gli arrivava addosso con tutto il rimpianto per la vita non vissuta. Chissà perché li sentiva, chissà perché proprio lui.

Dacché aveva perduto Enrica, ogni volta che si era trovato davanti a un defunto che gli parlava si era interrogato su cosa ci fosse dall'altra parte. Era paradossale che mai prima, in trent'anni di straziante pratica, si fosse posto la domanda; nemmeno davanti al letto dove era deceduta la madre, dalla quale aveva ereditato quel dolore. Nemmeno nel momento in cui il cadavere di Luca Maione gli aveva trasferito le parole d'amore per il padre, e lui le aveva riferite al brigadiere, senza spiegare niente; e Raffaele aveva creduto, aveva capito senza chiedere perché, senza chiedere come.

Cosa c'è, dall'altra parte? E soprattutto: c'è qualcosa, dall'altra parte?

All'indomani della terribile morte del proprio amore, quando aveva dentro solo nebbia e cercava una ragione per sopravvivere, era andato da don Pierino, il parroco che era diventato suo amico; e aveva tratto conforto dall'affetto di chi aveva saputo consigliargli dove e come cercare il ricordo dolce della compagna.

Era consapevole, Ricciardi, di non vedere oltre la porta che si attraversava morendo. Lui testimoniava l'ultimo pezzo di una vita spenta, non il primo dell'altra.

I morti che recitavano l'estremo e disarticolato pensiero, che gli trasferivano l'estrema sensazione, non gli parlavano al di là di una cortina.

Erano ancora lí.

Entrò. La luce del giorno mostrava un ambiente diverso da come appariva la sera prima. Sembrava tutto piú grande. L'impressione che Ricciardi ne ricavò fu ancora di una certa ricchezza, maggiore di quanto ci si sarebbe aspettati da un appartamento di quelle dimensioni e collocato in una zona popolare.

Lo sguardo andò a terra, dove era giaciuto il cadavere di Erminia Cascetta. Era rimasta una macchia scura, in corrispondenza della testa. Alzò gli occhi e vide lo sbaffo sulla campana in vetro. La Madonna addolorata manteneva l'espressione sofferente.

Si girò piano verso l'angolo opposto della stanza. Il Fatto aveva le sue regole, e l'immagine era sempre collocata davanti all'ultima cosa che aveva visto la vittima.

Fronteggiò la morta. Altezza media, ben vestita. Un braccio lungo il fianco e l'altro alzato, non a ripararsi, piuttosto a conversare animatamente. I capelli corti, alla moda. I lineamenti alterati dalla rabbia ma belli, naso piccolo, bocca larga, zigomi alti, occhi grandi.

Egoista, egoista, lasciami vivere. Egoista, egoista, lasciami vivere. Egoista, egoista, lasciami vivere.

Una frase netta, senza equivoci.

Restò ad ascoltare per quasi cinque minuti. Gli faceva male. Avvertiva la stessa frustrazione, il senso di ribellione che aveva provato Erminia morendo. *Lasciami vivere.* Che ironia.

Andò dove c'era la stanza di Angelina. Bussò allo stipite. La voce della donna gracchiò:

– Ah, addirittura qualcuno che chiede permesso. In una casa dove ormai la gente va e viene a comodo proprio. Prego, prego.

– Mi dispiace, signora. Ma dovete comprendere che non si può fare altrimenti, è stato commesso un crimine. Le prometto che tornerà presto a essere casa vostra, e noi tutti toglieremo il disturbo.

La scena era cambiata, dalla sera prima. Il letto era pulitissimo, la vecchia lavata e pettinata. Indossava anche una veste da camera sulla camicia da notte, e il busto era eretto sopra una pila di cuscini. Il resto spariva sotto una coperta di raffinata fattura.

– No, commissario. Non dite falsità. Questa non sarà piú una casa, perché non ci abita piú una persona indipendente: è il posto dove sta un'invalida, immobilizzata in un letto, che ha bisogno di assistenza anche per fare i bisogni, come purtroppo avete visto voi stesso. Quindi potete pure circolare, io nemmeno so cosa c'è nelle altre stanze.

Nell'angolo, su una sedia in legno e paglia, Ricciardi vide una ragazza magra con le mani in grembo. Angelina seguí lo sguardo del commissario e disse, sarcastica:

– Che maleducata, non ho fatto le presentazioni. Lei è Titina, la nipote della portinaia, Maria, che al momento rappresenta le mie gambe.

– Vi chiedo uno sforzo, signora, e domando scusa per questo; ma le prime ore dopo una disgrazia come quella che è successa a vostra figlia sono cruciali, per comprendere quanto accaduto. Volete dirmi meglio che cosa ricordate di ieri, per favore?

– Disgrazia, dite? No, commissario, chiamiamo le cose col loro nome. Omicidio. Mia figlia, la mia sola figlia, l'unica componente della mia famiglia, è stata ammazzata, barbaramente uccisa da come ho saputo dalle mezze parole di Maria e di Titina. Le hanno spaccato la testa, vero? Perché né voi né il brigadiere, né la donna che ieri mi ha ripulito il letto, avete avuto la buona grazia di informarmi.

– Avete ragione. Ma capirete che non sono particolari da raccontare a una madre. Mi aiuterebbe invece sapere...

– Sí, ho capito. Purtroppo, nella mia condizione, non ho una visione completa di quello che accade in casa. Ieri Erminia è rientrata nel tardo pomeriggio da un giro di spese, almeno cosí mi aveva detto. Ha aperto la porta, ero sveglia e ho sentito le chiavi. Era in ritardo e la signora Maria era andata via da un'ora, piú o meno, dovrebbero darsi il cambio ma a volte capita che ci sia un buco. Niente di male, se non ho necessità urgenti posso aspettare. Certo, i dolori mi fanno penare, ma...

Ricciardi tossicchiò, cercando di riportare il discorso sul terreno che gli interessava.

– Scusate, signora, ma ieri ci avevate detto di non essere certa che fosse stata vostra figlia ad aprire la porta. Com'è che ora, invece, dite che è rientrata nel tardo pomeriggio? Quindi ci avete parlato? E non avete capito se c'era qualcuno con lei?

– Commissario, io vedo quello che succede nella mia stanza. E sento quello che si sente da qui, cioè pochissimo, dato il traffico e le urla degli ambulanti dalla mattina alla sera sotto questa finestra. A un certo punto però, in una pausa del frastuono, mi è parso di udire aprirsi la porta, pensavo fosse rientrata mia figlia e l'ho chiamata. Invece non è venuta. Allora l'ho chiamata di nuovo, una volta, cinque, dieci. Avevo bisogno del catino, sempre di piú. Ho alzato la voce, ho urlato. Avevo paura. Pensavo che mi avrebbero lasciata qui a morire. E strillavo, strillavo...

Man mano che il racconto andava avanti, le parole si smarrivano nel ricordo; la corazza di sarcasmo si sgretolava, e veniva fuori una povera vecchia immobilizzata che vedeva e sapeva solo quello che si avvicendava nel limitato orizzonte di quella camera.

Titina si alzò e portò alla donna un fazzoletto, col quale lei si asciugò la bocca. La vecchia riprese.

– Poi, dopo quello che mi è sembrato un tempo eterno, è entrato il colonnello in vestaglia. Io gli ho chiesto che stava succedendo, ma non mi ha risposto. Dopo altro tempo siete entrati voi, e il resto lo sapete.

Ricciardi annuí.

– Perdonate la domanda, signora, ma devo chiedervi se avete idea di chi possa essersi introdotto in questa casa, aver... aver fatto quello che ha fatto ed esserse-ne andato tranquillo. Noi faremo le nostre indagini, è ovvio, ma sarebbe d'aiuto se foste in grado di darci qualche indicazione.

– Commissario, Erminia è... era una donna adulta e molto libera. Troppo, forse. Mio marito e io le abbiamo impartito un'educazione, certo, ma quando è cresciuta ha scelto di vivere come voleva. Ha studiato da insegnante, però non ha insegnato. Non si è sposata, aveva orrore dei legami. Io vivo della pensione di vedova, lei non mi diceva come passava le ore e con chi, ma a guardarla entrare o uscire non mi sembrava che le mancasse niente. In questa stanza non ha mai portato nessuno; in questa casa, in tutta onestà, non posso dire se abbia fatto altrettanto.

Ricciardi non riconobbe alcun dolore nelle parole della donna: piuttosto la difesa di un decoro che temeva di perdere a causa dei costumi della figlia.

Fu la vecchia a confermare quell'impressione.

– Chi fa delle scelte poi può pagarle, commissario. Adesso, se non vi dispiace, vorrei riposare. Non è stata una giornata facile.

XII.

Era un deposito buio, freddo e sporco. Ogni tanto si avvertiva un trapestio, e nell'ombra sfrecciavano grossi topi che emettevano squittii striduli.

Ci si arrivava attraverso un sentiero fangoso invaso da erbacce e rovi. Il fetore di escrementi, rifiuti e muffa prevaleva sui fumi nocivi emessi dalla fabbrica vicina.

Non era necessario vedersi lí. Ma dava una sensazione di segreto, di cospiratorio, che faceva sentire eroici e costituiva un elemento di ulteriore selezione. Erano in pochi, ed erano gli eletti. Entrare in quel numero, essere ammessi in quel posto orribile era riservato a un novero ristretto. E tanto bastava.

I nomi veri erano lasciati prima del sentiero. Servivano per le adunate, le marce e gli addestramenti, da unire al grado o alla funzione. Qui erano eroi, e come tali dovevano chiamarsi.

Ercole sedette sulla cassa in legno piazzata al centro del deposito, come un trono. Con gesto solenne, accese una sigaretta e diede un'occhiata attorno. Lo sguardo era fiero, il mento sollevato in segno di sfida.

– Allora, camerati? Fate rapporto. Non abbiamo tempo da perdere.

Erano in cinque, compreso l'apprendista. Veniva appellato cosí perché l'ammissione al gruppo era un processo lungo, complesso: mica poteva arrivarci chiunque. Ma faceva piacere a tutti avere un sottoposto da vessare, quindi il ragazzo era bene accetto, anche se maltrattato.

Giasone era il nome che gli era stato attribuito. Sapeva di non poter prendere la parola per primo, quindi restò in silenzio. Parlò Achille, un giovane robusto e privo di collo, incline alla brutalità e temuto dagli altri, ma pure privo di intelligenza.

– Ci sarebbero gli ambulanti di Forcella, Ercole. Dànno fastidio, occupano la strada e le camionette devono suonare il clacson piú volte perché non si spostano. Si potrebbe aspettare la sera, quando si ritirano, e dargli una bella lezione.

Teseo, un adolescente magro dal pomo d'Adamo prominente, sbuffò.

– Capirai, ma avete idea di quanti sono? In tutta la città saranno migliaia. E si fanno la guerra per un posto all'angolo di una via, coltellate e pugni e schiaffi. Nessuno ci farebbe caso, nessuno capirebbe.

Achille lo fissò, torvo. Offeso dall'essere stato contraddetto, ma sfornito di argomenti a contrasto.

Ercole non manifestò opinioni, si limitò a dire:

– Altre idee?

Ettore tossicchiò. Era un diciassettenne occhialuto e brufoloso, che si divorava le unghie fino alla radice.

– Ci sono sempre le puttane. Non dico quelle dei casini, dove vanno i camerati. Ce ne sono tante per strada, alcune poco piú che bambine. Spargono sifilide e gonorrea, danneggiano la salute dei maschi che devono essere pronti per il fronte. Senza considerare il danno alla morale, lo schifo dei debosciati che sperperano i soldi per la lussuria e…

Teseo rise.

– Parli come un prete! Come non sapessimo che ti spari seghe dalla mattina alla sera. Per questo porti gli occhiali!

Ettore scattò in piedi, i pugni serrati.

– Come ti permetti, imbecille? Vuoi vedere come ti riduco? Pensi che non sia capace di toglierti quella risata dalla faccia?

Ercole batté una manata sulla cassa dove era seduto, e tutti tacquero. Biondo, gli occhi azzurri e limpidi, il corpo scolpito dalla disciplina rigida e dall'esercizio al quale si sottoponeva. Trasudava carisma e autorità.

– E voi sareste eroi, camerati? Nemmeno riuscite a discutere. Il senso del comando è vedere oltre, al di sopra. Servire, orientare. Non dobbiamo cercare qualcuno da punire, non siamo un tribunale. Dobbiamo solo fare pulizia. Ambulanti, puttane: ci sono sempre stati, e sempre ci saranno. Se i debosciati sono debosciati, troveranno ogni volta un modo diverso per cedere a lussuria, avidità, accidia. Non sta a noi salvarli.

Il tono era pacato, ma gli altri si ritrassero quasi avesse urlato loro contro. Fu Ettore a rompere il silenzio.

– Ma, Mich… Ercole, qualcosa dobbiamo pur fare, no? Altrimenti che cosa siamo? In caserma facciamo marce, addestramenti, ci alleniamo nel fisico e nella mente, ci tempriamo, e tutte le cose che ci dici di fare le facciamo. Ma qui noi siamo eroi, ce l'hai detto tu. E gli eroi agiscono, non si limitano a parlare. Ho capito male, forse?

Nessuno proferí parola, la risposta competeva solo a Ercole.

– Hai ragione, Ettore. Dobbiamo agire. Ma la nostra dev'essere un'azione da eroi. L'obiettivo non può essere una ragazzina che si vende perché ha fame, o un contadino che parte all'alba dal paese col carretto di frutta e verdura. Questi sono cittadini che dobbiamo difendere, non nemici da distruggere. Gli eroi salvano, colpendo il male.

Teseo si agitò.

– Giusto, capo, siamo d'accordo. Ma non possiamo stare a guardare in silenzio. Ci riuniamo, abbiamo trovato il posto segreto dal quale avviare le nostre azioni. Noi ti saremo fedeli per sempre, e sta a te darci ordini, mostrarci quello che dobbiamo fare.

Giasone si mosse, alzando una mano ma subito abbassandola perché Achille si girò e gli lanciò un'occhiataccia.

Ercole era concentrato su Ettore. Gli occhi chiari erano privi d'espressione e pareva tranquillo, ma un muscolo aveva preso a guizzargli sulla guancia.

– Fammi capire, Ettore. Stai dicendo che mi ritieni un debole? Hai da eccepire qualcosa sul mio modo di dirigervi?

Era calato un silenzio di ghiaccio, interrotto solo dall'incessante scorribanda dei topi.

– No, no, capo, che dici? Non mi permetterei mai di… Io sto con te dalla prima ora, lo sai. E starò dalla tua parte fino alla morte!

Giasone alzò di nuovo la mano. Era stato scelto come apprendista perché, tra quelli dell'ultima leva, era il piú appassionato e dotato di volontà. Aveva subito in silenzio ogni forma di angheria dagli altri ragazzi, superando le prove di resistenza al dolore e di riconoscimento delle gerarchie. Obbediva a qualsiasi ordine, era servizievole e fidato. Non apparteneva allo stesso rango degli altri, che erano «eroi» ormai da due anni, ma il fatto che gli si concedesse di essere nel posto segreto, di assistere a quelle conversazioni, era una legittimazione della quale andare fiero.

Di qui a parlare senza essere interrogato, tuttavia, ce ne correva. E molto.

Restarono a fissarlo, sorpresi. Poco piú di un bambino, grassoccio e imbrattato dal fango del sentiero che portava lí; con gli occhi pieni però di ardore, e la mano sollevata con rispetto ma decisione, come a chiedere a una maestra di andare al bagno.

Ercole fu il primo a scuotersi.

– Giasone, sei ammesso a parlare.

Il ragazzo aprí la bocca, e la voce non venne fuori per l'emozione.

Achille ridacchiò, ed Ercole lo fulminò con uno sguardo.

Giasone, allora, si schiarí la gola.

– Il ricchione, signore. Dobbiamo prendere il ricchione.

Tutti tacquero. Poi Teseo sbottò.

– Che dici, maledetto idiota? Di cosa parli?

Ercole lo fermò con un gesto, e l'altro chiuse la bocca con un rumore sordo. Poi disse:

– Fammi capire bene, ragazzo. Spiegati.

XIII.

Quando Maione bussò all'ufficio di Ricciardi stava ormai scendendo la sera.

Il brigadiere portò la sua considerevole mole all'interno, sbattendo i piedi e fregandosi le mani.

– Madonna santa, commissa', e che freddo che fa. Un'umidità terribile, eppure non piove. A stare per strada ci si congela, credetemi.

Ricciardi sollevò gli occhi dalle carte che aveva davanti.

– Raffaele, ma che hai combinato? Mi sono preoccupato, ti ho aspettato a casa Cascetta fin quasi a ora di pranzo.

Maione tolse il soprabito, lo appese all'attaccapanni e, provando a scaldare le gambe intirizzite, sedette di fronte al superiore.

– Lo so, lo so, commissa', scusatemi, ma ho preferito continuare a indagare per vedere se trovavo qualche informazione interessante. Ho confidato nel fatto che non mi avreste aspettato là dopo una certa ora. Voi avete parlato con la signora Angelina?

– Non ha molto da dire, per la verità. Come tutte le persone anziane, perdipiú costrette a letto, ce l'ha col mondo intero e quindi pure con la figlia, di cui però, a quanto dichiara, sa ben poco. Stavo guardando dei documenti, per vedere di capirci di piú.

– Quali documenti, commissa'?

Ricciardi fece un gesto vago sulle carte che aveva davanti.

– Anagrafe, scuola, registri vari. Ho chiesto ad Antonelli, che è stato molto gentile. Cascetta Erminia, trentadue anni, diplomata maestra a venti, mai esercitata la professione. Di Angelina Prudenzi, anni sessantuno, e fu Cascetta Alberto, deceduto nel 1926, medico. La pensione del defunto dottore, pur essendo piú che decente, non giustifica il lusso dell'appartamento; e nemmeno la quantità di vestiti, scarpe e gioielli che ho visto nella camera della signorina.

– Sí, qualcosa ho sentito pure io.

Ricciardi depose la penna.

– Allora dimmi.

Maione tirò fuori il taccuino sul quale prendeva appunti con una grafia grossa e rotonda, e inforcò gli occhiali da presbite che avevano fatto la loro comparsa un paio d'anni prima.

– Mi sono dedicato a un giro nei dintorni, commissa'. La signorina non era particolarmente simpatica o comunicativa, e tutti sapevano di quello che è successo; quando è cosí, le informazioni si hanno con difficoltà.

– Certo, capisco. E la nostra cara portinaia avrà funzionato come una radio per la zona, no?

– Figuratevi. Peraltro è una specie di comandante del quartiere, le vogliono bene, non so come, perché a me sta proprio antipatica. Comunque, tutti sanno della vecchia Angelina, se la ricordano quando non era immobilizzata a letto, una vera signora, al braccio del marito, gentile e affettuosa, faceva pure un poco di beneficenza. La figlia invece la descrivono come una con la puzza sotto al naso, disinteressata agli altri. Ma la cosa notevole secondo me è un'altra.

Ricciardi fissò interrogativo il brigadiere, che continuò.

– Da quello che ho capito, la signorina non si curava piú di tanto della casa. Passava a pagare i conti, senza sindacare sulle quantità né sui prezzi, ma non ha mai fatto spese di persona. Alimentari, sapone, stoviglie, niente. Un paio di bottegai mi hanno fatto pure intendere che secondo loro la signora Maria comprava per casa sua a spese delle Cascetta; e nessuno protestava.

– E quindi, a fare la spesa era sempre...

– La signora Maria. Di rado la ragazza, Titina, giusto per qualcosa che serviva con urgenza. Mai la signorina Erminia. Secondo loro, non mangiava nemmeno a casa.

Ricciardi si alzò e passeggiò fino alla finestra.

– Non lavorava, ma non stava a casa. Aveva una madre invalida di cui non si curava, ma sia la madre stessa che chi si occupava di lei non se ne lamentavano. Saldava i conti senza fiatare, e aveva tanta di quella roba da fare invidia a una contessa. I soldi non le mancavano, questo mi sembra chiaro.

– E di certo non venivano dalla pensione dello stimato padre. Commissa', può voler dire solo una cosa.

Ricciardi fissava le luci che cominciavano ad accendersi in strada.

– Se colleghiamo le informazioni alla macchina con autista che veniva a prelevare la signorina ogni tanto, i tuoi cattivi pensieri trovano conferma, caro Raffaele. Su questo però non sei riuscito a sapere niente, non è vero?

– E certo, se no ve l'avrei detto subito. Ma qualcosina potremmo avere, però. Mi hanno detto che la signorina Erminia era cliente di una modista, tale Manuela Pozzi, che ha il negozio su corso Umberto. Pare sia molto brava e piuttosto cara, ci sono passato ma la bottega era chiusa. Non ci avrei parlato io, però; secondo me è piú cosa vostra, commissa'.

Ricciardi si voltò.

– Perché dici cosí?

– Sembra che fossero molto amiche, proprio molto. E il negozio non avrebbe dovuto essere chiuso, mi hanno detto che la clientela è tanta, e il venditore di scope che lavora là vicino mi ha riferito di almeno tre persone che tenevano appuntamento e si sono lamentate per la porta serrata.

– E tu pensi che la chiusura imprevista e la notizia della morte di Erminia Cascetta…

– Commissa', siete voi che mi avete insegnato che non bisogna credere alle coincidenze.

Ricciardi tornò a guardare fuori della finestra, pensoso.

– Sí, hai ragione. Ci andiamo insieme domani mattina, dalla modista.

Maione si leccò la punta del dito e girò una pagina del taccuino.

– Siccome ero di strada, sono passato in ospedale per vedere se c'erano novità sull'esame necroscopico. Il dottor Modo era impegnato in sala operatoria, mentre me ne stavo andando mi ha fermato il dottor Severi. Mi ha detto che il rapporto non l'avevano ancora scritto, ma che lui qualche notizia me la poteva dare, perché capiva che i tempi per noi sono essenziali.

– Ecco, vedi? Una sensibilità che Bruno, con tutta l'amicizia, non ha mai mostrato.

– Commissa', mi sono preoccupato. Se il dottor Modo usciva e mi vedeva confabulare con Severi, come minimo pensava che pure io ero diventato un agente della polizia politica.

– Che ti ha detto, Severi?

Maione lesse.

– Che la signorina è deceduta per le due botte ricevute alla testa, tra le 18 e le 19 di ieri. Il primo colpo, che ha procurato la frattura di tre ossa del cranio, sarebbe quello fatale, ma non era ancora morta quando è arrivato il successivo, all'osso temporale destro.

– Altro?

– Sí, commissa'. Purtroppo, sí. Le condizioni di salute della signorina erano ottime. Il dottore mi ha detto che era una donna sana e molto bella.

– E allora?

– Era in stato interessante, commissa'. Al secondo mese di gravidanza.

XIV.

La donna entrò nella saletta, il passo incerto. Guance arrossate dal freddo, cappello calcato sulla fronte, una sciarpa a coprirle il collo fino al mento. Le dita guantate serravano il manico di una borsetta.

Cercò di mettere a fuoco l'ambiente attraverso le lenti appannate. Individuò l'uomo che l'attendeva, a un tavolino isolato: indossava un anonimo abito grigio sotto un cappotto nero.

C'era pochissima gente: un anziano leggeva il giornale, due donne conversavano davanti a un tè.

L'uomo rimase seduto, l'espressione dura e impenetrabile. A stento sollevò lo sguardo su di lei, prendendo atto della presenza. Non le fece segno di accomodarsi e tuttavia la donna sedette comunque, liberandosi della sciarpa.

– Hai saputo, vero? Una tragedia. Terribile.

L'altro alzò la mano.

– Stai attenta. Non fare nomi. Chiaro?

Lei osservò attorno, perplessa. Nessuno poteva ascoltarli, a meno che non urlassero.

– Chi vuoi che ci senta... E poi non c'è nulla che non sia già noto.

L'uomo si chinò in avanti, trafiggendola con gli occhi di ghiaccio. Sibilò, e qualche gocciolina di saliva volò nell'aria.

– Non fare nomi, ho detto. C'è sempre qualcuno che spia. Hai capito? Dimmi che hai capito. Altrimenti la conversazione si chiude qui.

Lei fu lí lí per ribattere. Desistette, e si limitò ad assentire.

L'altro si sistemò di nuovo contro lo schienale.

– Sei stata attenta a non farti seguire?

– Mi spaventi… Chi avrebbe dovuto seguirmi, e perché? Non ho fatto niente di male.

– Come fosse quello. Come se il pericolo derivasse dall'aver fatto oppure no qualcosa di male.

Ordinarono due caffè – si ostinavano tutti a chiamarlo cosí anche se era solo surrogato – e attesero che arrivassero al tavolo. Nel frattempo tacquero, evitando persino di guardarsi. L'anziano piegò il giornale, pagò e andò via. Adesso gli unici occupanti della sala erano loro e le signore all'estremo opposto, immerse nella conversazione.

– Io debbo sapere che tu non c'entri. Devi essere sincero con me. Non potrei mai perdonarmelo se tu…

Lui parve sbigottito. La sorpresa lo fece sembrare assai piú giovane.

– Ma davvero tu… tu credi che io… E perché avrei fatto una cosa cosí… Io? Io, fare questo a lei? Proprio a lei?

La donna tolse gli occhiali, si passò una mano sul viso.

– Non lo so! Nel quartiere non si parla d'altro, tutti sapevano che lei... Ma una cosa del genere! In camera sua, con la madre a pochi metri che chiamava. Mi hanno detto che ha strillato per ore chiedendo aiuto.

L'uomo non pareva riprendersi dalla sorpresa di essere stato in qualche modo accusato.

– E per quale dannatissimo motivo avrei... Io l'amavo!

– Dicono che le hanno spaccato la testa, che c'era sangue dovunque, e che le sia uscito fuori... che...

Le mancò la voce. Deglutí. Si coprí la bocca.

Lui allungò una mano sul tavolo e le afferrò il braccio.

– Controllati. Fermati subito, altrimenti...

Dalle mascelle serrate gli era affiorato come un ruggito trattenuto. Lei resse lo sguardo.

– Altrimenti cosa? Altrimenti faccio la stessa fine?

L'altro ritrasse la mano di scatto.

– Ma piantala! Perché avrei dovuto ucciderla? Lo sai chi ero, per lei. E poi non sono mai stato un violento. Mai.

– E allora spiegami chi sarebbe stato, e perché. Spiegami chi poteva andare e venire indisturbato, dopo aver... Dimmelo tu, io non capisco.

– Lo sai com'era, no? Si fidava, non aveva paura di nessuno. E sappiamo entrambi chi può essere stato. E anche la ragione.

– Ci ho pensato, sicuro che ci ho pensato. Ma come avrebbe potuto, me lo dici? Certo non passa inosservato, qualcuno lo avrebbe visto giungere o allontanarsi. E poi non lo reputo in grado di...

– Sí, invece. Sarà arrivato a piedi, rasente al muro. Era sera, con questo freddo chi ci poteva essere per strada? L'ha aspettata nell'ombra, l'ha avvicinata. Lei per non farsi vedere l'avrà portato in casa e...

– Può essere.

– Magari hanno discusso per qualcosa. Magari lei lo ricattava, oppure...

– Ma quando mai? Le stava benissimo cosí, te lo garantisco. Non aveva nulla da recriminare, era tutto consolidato e stabile.

– Allora forse lui si era stancato, forse voleva rompere e lei l'ha minacciato. Ci possono essere mille cause. E comunque non cambia molto, potrebbe essere stato chiunque: un ladro, la maledetta portinaia, la nipote, chiunque!

Lei lo fissò inespressiva.

– Appunto. Chiunque.

Lui resse lo sguardo.

– Anche tu. La migliore amica, la persona di cui piú si fidava. Non avresti avuto difficoltà a entrare con lei, o ad allontanarti senza dare nell'occhio. Una donnetta anonima, vestita di scuro. Chi ci avrebbe fatto caso?

Lei rise, sarcastica.

– Ah, sí? E perché lo avrei fatto? Sentiamo.

– Ah, invidia, per esempio. I bei vestiti, i gioielli, il lusso. E adesso anche l'amore.

Gli occhi di lei si riempirono di lacrime.

– È incredibile. Non hai avuto una parola di rimpianto, di dolcezza. È morta da un giorno, e non ti ho visto piangerla nemmeno per un attimo.

– È vero. Per il modo in cui è successo, per le… per le possibili conseguenze, alle quali dobbiamo stare attenti. Ma credimi, il dolore lo provo, eccome. Stanotte… Forse mi pare ancora impossibile, tutto qui. Forse ho solo paura.

– Ho paura anch'io. Tanta.

Rimasero in silenzio. Dall'esterno saliva il suono acuto di una zampogna. Avevano dimenticato il Natale, che invece si avvicinava a grandi falcate.

– Verranno da me. Forse sarebbero già passati, se non avessi chiuso per raggiungerti. Cosa risponderò alle loro domande?

L'uomo si sporse di nuovo sul tavolo.

– Devi dire la verità sulla sua vita. E di me non devi parlare. Non li aiuterebbe, anzi, li distoglierebbe dalla via giusta. Se parlassi di me, le faresti solo del male.

– Nessuno può piú farle del male, né del bene. Ma sí, non dirò di te. Significherebbe il mio coinvolgimento, e non posso permettermelo. Lo faccio per me, però. Ricordalo.

L'altro si alzò, gettò delle monete sul tavolino.

– Purché tu taccia. Me ne frego del perché.

E se ne andò, in fretta.

XV.

Torna a casa, amore. È tardi, sei cosí stanco.

E lei ti aspetta, non merita di averti silenzioso e greve di malinconia. Lei vuole raccontarti, parlarti e ricevere carezze.

Io sapevo accogliere la tua tristezza.

Lei vuole soltanto il suo papà.

Ricciardi percorse la strada verso casa a passo svelto, pensando alla macchia sul tappeto delle Cascetta e sentendo il rimbombo di quella voce nel cuore, *egoista, egoista, lasciami vivere.*

Attraversava il Natale che avanzava, bancarelle, carretti, strutture in legno che avrebbero ospitato la merce per le vendite forti, attese dai bottegai tutto l'anno.

Mal si adatta il Natale alla solitudine, pensava Ricciardi. È la festa della famiglia e della compagnia, la festa del riunirsi in casa in tanti, a mangiare e a bere, chiudendo fuori cattiveria e malvagità.

Non il momento in cui ritrovarsi con il cranio spaccato.

Non il momento in cui essere soli.

Stai attento, amore mio. Ti prego.

Non portare a casa il dolore. Lo so che i tuoi occhi e la tua mente sono pieni di ciò che hai visto; e chissà cosa ti ha detto la tua sensibilità, quella dannazione di cui mi parlasti e che ho visto passarti sul viso tante volte.

Adesso però abbandonala, lasciala fuori della porta.

Adesso pensa soltanto alla nostra bambina.

Sulla soglia, trasse un respiro profondo.

Non era piú come quando c'era Enrica ad accoglierlo. Con la moglie non aveva difese, non c'erano barriere.

Del lungo tempo trascorso prima che lei, sorridendogli, piangendo, aspettandolo, lo convincesse che fosse possibile condividere la sua eterna ferita sanguinante, non era rimasto che un ricordo sbiadito.

E ogni volta che Ricciardi percepiva la voce di un morto, Enrica se ne accorgeva. E gli si stringeva al braccio, o gli poggiava la testa sulla spalla.

Quel contatto lo risarciva del dolore. Che meravigliosa compagna era stata, la sua Enrica.

Ci sono ancora, amore mio.

Ci sarò sempre.

Perché l'amore è troppo forte, troppo grande per interrompersi con una banalità come la morte.

La morte è solo l'interruzione del funzionamento di una macchina, non lo sai? Chi meglio di te può averne cognizione? La morte è un incidente, un fatto casuale e superficiale.

L'amore no.

L'amore è incanto, l'amore è musica.
L'amore è il contrario del silenzio.
E adesso, ti prego, occupati di lei.

No, non era piú la stessa cosa. Ma adesso c'era una bellezza diversa, nel ritorno a casa.

La luce, il calore, i profumi erano gli stessi: ma l'artefice era Nelide, che si muoveva inarrestabile tra la cucina e la sala da pranzo, allestendo la cena cilentana e impartendo a Marta rigide lezioni di economia domestica.

Ricciardi si domandava, non senza qualche preoccupazione, cosa mai sarebbe scaturito dal contrasto fra l'eleganza raffinata di Bianca – che proponeva alla bambina l'articolato codice di una dama dell'alta società – e la rude concretezza della giovane governante. L'unica speranza di una sintesi positiva il commissario la riponeva nel buon senso della bambina, che appariva sempre piú capace di gestire le informazioni che riceveva.

Sai, amore, mi sembra di sentirla. Non le sue braccia, non le piccole mani, non l'odore di latte e fragole della sua pelle; ma la sua ansia allegra, il desiderio della chiave che gira nella toppa.

Mi sembra di sentire la voglia di balzarti al collo, di annusare l'aria attorno a te.

Mi sembra di sentire il suo cuore accelerare, e poi saltare un battito, e la mente affastellarsi di cose da raccontarti e da dirti, per suscitare la tua finta meraviglia.

Mi sembra di sentirla, e di sentire la tua felice sorpresa di essere padre, e di avere questa gioia ogni sera.

L'orario della cena andava rispettato, non erano ammesse deroghe. E prima non ci si poteva attardare in chiacchiere né a rotolarsi sul letto, e nemmeno a giocare al solletico.

Era consentito prendere in braccio Marta e farla volteggiare, questo sí. E anche ricevere un bacio, magari tre o quattro, sulla guancia ispida per la barba cresciuta dalla mattina. Ma poi si doveva andare subito a tavola, altrimenti i *cinguli*, gli spaghettoni fatti a mano e preparati nel brodo di maiale, si sarebbero raffreddati e scotti, e le sanzioni sarebbero state terribili.

Il via libera scattava dopo la frutta, con obbligo di consumarla entrambi, padre e figlia, perché faceva bene e perché non erano gente *ca mangia pane, scorza e muddica*, cioè che da mettere sotto i denti ha solo un po' di pane.

Era allora che Ricciardi si accomodava in poltrona, apriva le ante del mobile in cui c'era la radio e la accendeva ruotando la manopola. Ed era allora che Marta gli si accoccolava sulle gambe, dando il via al momento che per tutti e due era il piú bello della giornata.

Ti ricordi, amore?

Ti ricordi di quando mi sedevo vicino a te, io col ricamo in mano e tu con un libro, e io non mettevo un punto e tu non giravi una pagina, perché non la finivamo piú di discorrere?

Ti ricordi che ridevamo tanto, perché tu mi dicevi di Garzo e Maione e Modo, e io invece di mamma e papà, di Nelide e dei bottegai sotto casa?

Ti ricordi i sogni, quanto abbiamo parlato di lei prima che nascesse, come immaginavamo che sarebbe stata? Non credi che sia pure meglio di come pensavamo, che sia ancora piú forte e sana e intelligente?

Ti ricordi, amore mio?

E quel momento si apriva sempre con la richiesta di Marta di ascoltare qualche episodio che riguardasse la mamma.

L'amore e le attenzioni che riceveva non sarebbero stati sufficienti a compensare l'assenza di Enrica. Ricciardi ne era contento, non avrebbe mai voluto che la bambina crescesse non tenendo conto di ciò che la sua meravigliosa compagna era stata. Era felice di potergliene parlare.

Quella sera la radio diffondeva musica d'orchestra; al riparo da discorsi e proclami, da annunci sul varo di navi da guerra o da descrizioni di parate e visite reali, violini e pianoforte cercavano di portare un po' d'allegria all'interno di tempi bui.

Ricciardi raccontò alla figlia di quella volta in cui all'improvviso, proprio in quella stanza, si era alzato dalla poltrona e aveva preso la mano di Enrica. Aveva il pancione, disse, e c'eri tu dentro. L'invitai a ballare, non voleva ma rideva; quando le ridevano gli occhi era la donna piú bella del mondo, sai?

Proprio come te.

Che pazzo mi sembrasti, amore mio.

Non era da te.

I miei, soprattutto mia sorella, per prendermi in giro dicevano che eri sempre cosí serio. Per loro non era immaginabile che tu facessi qualcosa di imprevisto. Io invece sapevo che hai dentro un mondo di sensibilità e di dolcezza, ma anche di fuoco e di follia.

Quel ballo me lo ricordo, eccome. Fu bellissimo. E fu la prima volta che ballammo in tre.

Anche l'ultima, sí.

Ma se posso sentirvi entrambi, come adesso, è come se ancora danzassimo.

Fallo con lei, amore mio. Fallo con lei, per me.

La bambina chiese: e come ballavate, papà?

Quando due persone innamorate ballano, spiegò lui, si stringono forte. E si tengono per mano, per accompagnarsi. Aspetta, disse. Ti faccio vedere.

La radio, come obbedendo a un ordine, attaccò un valzer. E Ricciardi si alzò, tenendo la figlia tra le braccia, e con la sinistra le prese la manina, disegnando figure sul grande tappeto del salotto.

Alla finestra di fronte non c'era nessuno, e i vetri erano appannati dal freddo. Ma se ci fosse stato qualcuno, avrebbe visto l'ombra di una coppia danzante, al suono di una musica silenziosa, e le ombre erano però tre, due grandi e una piccina al centro.

E la giornata finí, con due persone innamorate che ballavano un valzer ridendo. E poco contò che l'uno non dicesse di un cadavere all'impiedi che implorava di voler vivere, e l'altra dei pensieri sordidi di un contadino muto. Non era il momento per il dolore e per l'infamia, quello.

Era il momento dell'amore.

Buonanotte, amore mio.
Dormi tranquillo.
Io sto con te.

XVI.

Laura entrò nella sala ancora deserta e si lasciò cadere su una sedia.

Tirò fuori dalla borsa un ventaglio e prese a sventolarsi pigra.

– Questo è il quinto dicembre, sai? Il quinto. E non solo non mi sono ancora abituata, ma addirittura mi sembra di peggiorare. Il mio corpo non intende adattarsi, è evidente.

L'uomo dietro il pianoforte ridacchiò, con un rumore sgradevole come di unghie su una lavagna.

– A dare retta a quello che ogni sera sento dire di te dalle schiere sbavanti dei tuoi ammiratori, nulla è al di fuori delle possibilità del tuo corpo, bella *señora*. Quindi immagino che ti basti distrarti un po', e non patirai piú il nostro dolce tepore.

– Dolce tepore, questo caldo tropicale? E comunque il punto è un altro, Diego. È che il caldo a dicembre è innaturale. Un Natale che si rispetti dovrebbe avere, se non la neve che c'è dove sono nata, almeno cappotti e sciarpe, e marciapiedi ghiacciati e vento. Non puoi immaginare quanto sia meraviglioso scambiarsi sorrisi da sotto un cappello e vedere i bambini giocare coi nasi e le guance rossi dal freddo. Cosí funziona, il Natale!

Di nuovo l'uomo rise. Era grasso e rubizzo, le spalle curve reggevano due larghe bretelle. La camicia bianca, chiazzata di sudore, aveva le maniche rivoltate sugli avambracci gonfi. Le piccole mani rotonde volavano sulla tastiera traendo un sottofondo delicato.

– Cosí funziona il *tuo* Natale, Laura. Il Natale europeo, italiano nella fattispecie. Perdonami se ti dico che trovo ridicolo il vostro incredibile egocentrismo. Un minuscolo paese dall'altra parte del mondo, e credete di essere il posto piú importante del pianeta.

Diego era un musicista straordinario. Lei l'aveva incontrato circa un anno dopo il suo arrivo, quando, disperata e sola, non sapeva come fare a sopravvivere non volendo cedere alla via comoda: diventare l'amante di un vecchio ricco disposto a spendere per una donna splendida e raffinata.

Una sera di uno strano, gelido luglio, Laura era entrata in un bar e aveva bevuto. Molto. La solitudine la schiacciava sotto il peso di mille rimpianti. Si era messa a cantare sulla musica con cui un'orchestrina stava facendo ballare gli avventori. Appena i due buttafuori erano intervenuti per cacciarla, il musicista col bandoneón aveva strillato: «Fermi, fermi, è mia moglie!»

Si erano poi ritrovati in strada, tremanti per il vento polare, a ridere fino alle lacrime. Diego le aveva detto subito che l'idea della moglie gli era venuta come unica via d'uscita, ma che era puramente illusoria perché a lui piacevano gli uomini; Laura gli aveva risposto che condividevano gli stessi gusti, quindi erano potenziali rivali sulle stesse prede.

Erano diventati inseparabili. La voce di lei si era rivelata una risorsa straordinaria: Laura era una cantante duttile capace di esibirsi in qualsiasi repertorio; e l'arte di Diego, la sua conoscenza del tango erano per la donna il luogo giusto in cui trovare rifugio.

Gli anni successivi erano stati importanti per entrambi. Si incontravano soltanto per lavoro, e l'italiana dal passato misterioso era presto divenuta una stella dei locali di Buenos Aires riservati a quella musica che tanto somigliava agli abitanti della città.

Ora si avvicinava il Natale, una festa molto sentita soprattutto dalle migliaia di famiglie arrivate negli ultimi tre decenni dal mare; pur nella diversità climatica, li accomunava la voglia di ballare e di stare insieme. Solo che le danze e i banchetti si svolgevano perlopiú all'aperto, su terrazze affacciate sul fiume oppure nei parchi, sui prati.

Laura e Diego, però, preferivano esibirsi nei caffè, perché il suono e le parole avevano bisogno di essere protetti e coccolati. Se c'era da sudare, che si sudasse. La musica, come diceva Diego, è sacrificio.

Adesso stavano provando una nuova canzone, il cui testo destava in lei ricordi dolci e dolorosi: *Soledad*, resa famosa da una pellicola con protagonista Carlos Gardel, morto in un incidente aereo nel 1935. Laura l'aveva imparata, ma prima di intonarla aveva chiesto a Diego di spiegarle qualcosa al riguardo.

Era ormai la loro modalità, da quando il racconto del musicista era riuscito a sbloccarla su *Caminito*, che lei aveva poi interpretato con grande successo.

Perciò adesso era lí, nella sala arroventata dal sole del pomeriggio, non per cantare ma per ascoltare.

– Dimmi di *Soledad*, Diego. Dimmi cosa c'è dentro, dimmi quello che ci vuole per eseguirla come si deve.

L'uomo bevve un lungo sorso dalla bottiglia piena di liquido ambrato poggiata sul piano. Laura si domandò come potesse reggergli il fegato, vista la quantità di alcol che ingurgitava ogni giorno; ma anche come fosse possibile che non cadesse riverso sulla tastiera.

– Sai, *señora*, il *tango canción* è piú tuo che mio. Il tango tradizionale è una musica india, rabbiosa, una musica *criolla*; e le parole, insieme alla tristezza, alla malinconia, sono arrivate dalla tua Europa. E da quelli che come te – e non dire di no perché ti conosco – hanno lasciato a casa un pezzo importante di sé. Le canzoni, i nostri *tangos*, sono il richiamo doloroso rivolto proprio a quel pezzo di sé rimasto in patria.

Laura annuí. Diego aveva un modo tutto suo di dire assurdità facendole sembrare reali. L'uomo continuò.

– Sai di Alfredo, vero? Il *periodista* Alfredo Le Pera, il giornalista che scriveva i testi per Gardel. Era a bordo con lui quando c'è stato l'incidente aereo a Medellín. Amici inseparabili nella vita e anche nella morte. Certo, era Carlos la stella. Ma Alfredo… oh, Alfredo era il genio. Era Alfredo a dare il senso a quelle luci, a quegli applausi. Senza Alfredo, Gardel sarebbe stato un mezzo cantante.

Laura sapeva dei due amici, il poeta elegante e sofferente e il cantante affascinante e carismatico. Come sapeva della loro terribile fine: non si era parlato d'altro in Argentina, aveva visto donne e uomini piangere disperati per giorni; e da artista si era chiesta, con una punta di invidia, cosa servisse per suscitare quella commozione in chi ascolta.

Diego continuava a suonare variazioni sulla melodia di *Soledad.*

– Quello che forse non sai, *señora*, è che io ho conosciuto Le Pera. Anzi, posso dire di essere stato suo amico, per come si poteva essere amici di un uomo cosí, intelligente ma solitario, sempre con un'ombra addosso. Non lo vedevo da un po', quando è morto: ma ascoltando *Soledad* ne ho compreso ogni respiro, perché conoscevo la sua storia.

Laura aveva tradotto il testo, per capirne meglio il significato; era stato un colpo al cuore, per lei. Aveva quasi paura di scoprire ciò che poteva aver ispirato quelle parole. Le ricordò tra sé.

Non voglio che nessuno mi dica
che dalla tua dolce vita mi hai già strappato.
Il mio cuore una bugia chiede
aspettare la tua chiamata impossibile.
Non voglio che nessuno immagini
quanto amara e profonda sia la mia eterna solitudine
trascorrono le notti e la lancetta dei minuti macina
l'incubo del suo lento tic tac.
Nella triste ombra della mia stanza, in attesa

dei suoi passi che potrebbero non tornare
a volte mi sembra che smettano di camminare
senza osare entrare.
Ma non c'è nessuno e lei non verrà.
È un fantasma che crea la mia illusione
e mentre svanisce lascia la sua visione
cenere nel mio cuore.
Sul quadrante d'argento dell'orologio
le ore morenti si rifiutano di passare.
C'è una sfilata di strane figure
che mi guardano con scherno.
È una carovana senza fine
che sprofonda nell'oblio con la sua smorfia spettrale.
Se ne va con lei la tua bocca che era mia
a me resta solo l'angoscia del mio male.

Non si era resa conto di averla cantata in sordina; né che Diego aveva preso ad accompagnarla, ricamando la melodia in punta di piedi.

Quando se ne accorse si fermò, imbarazzata. Lui, invece, non smise di suonare.

– Alfredo ebbe molte donne, ma un solo grande amore. Di quelli che cancellano il prima e il dopo. Si chiamava Aida, era una ballerina. Per lei Alfredo si fermò, cancellò l'irrequietezza. Per lei comprò una casa in calle Corrientes, progettò di cambiare esistenza. Con lei Alfredo stesso cambiava. Ho avuto la ventura di incontrarli mentre erano insieme, non era facile perché di solito stavano ognuno per conto proprio, non si facevano vedere molto in giro. Ricordo gli occhi di lui, *señora*. Ridevano. In quell'amore c'era protezione, dolcezza, passione, perfino una sottile follia. Era un sentimento pieno di sangue, ma anche di pensieri.

Laura fu consapevole che la risposta a ciò che stava per chiedere avrebbe mutato per sempre il suo modo di interpretare quella canzone triste.

– E che successe, dopo? Perché qualcosa successe, vero?

– Era fragile, Aida. Delicata come i petali di un fiore. Non saprei dirti di che malattia, ma si ammalò. Alfredo smise di lavorare, si dedicò a lei; la portò nella tua Europa, in una clinica in Svizzera, mi pare, dove gli avevano detto che l'avrebbero curata.

Tacque, suonando una melodia triste. Laura si rese conto che Diego non aveva fatto che eseguire la stessa canzone. Poi disse, in un soffio:

– Morí, vero? Aida morí.

– Sí, morí. Incontrai Alfredo, mesi dopo, e mi disse solo: di pomeriggio, Diego. Ti pare possibile, morire di pomeriggio dall'altra parte del mondo? E se ne andò. Capii che era morto anche lui.

Laura si sentiva il cuore in una morsa. La sua mente era proprio dall'altra parte del mondo, nel freddo di un vero dicembre.

Diego riprese.

– Quando ho sentito Gardel cantare *Soledad* al cinematografo, mi veniva quasi da ridere. In una trama patetica e priva di significato, fra attrici e attori che non sapevano e non capivano, queste parole.

– Che vuoi dire?

– Che l'orologio continua a segnare i minuti, *señora*, ma che quella non è un'attesa. Chi dovrebbe tornare non può tornare, se n'è andato per sempre. Alfredo scrive l'attesa della morte, della sua morte. Non di un amore perduto.

Laura provò ad alzarsi, ma ricadde sulla sedia.

– Significa che non c'è speranza, è cosí? Significa questo?

Diego smise di suonare, prese la bottiglia e bevve un'altra lunga sorsata.

– Significa che non c'è speranza se c'è la morte, Laura. In quell'aereo sono morti tutti, ma non Alfredo Le Pera. Lui era già morto in Svizzera. E questa canzone lo dice in maniera chiara.

XVII.

Ci si mise anche la pioggia, l'indomani.

Sottile e traditrice, tagliente e gelida. Sembrava finire e invece restava quasi invisibile nell'aria.

Le teste incassate nei soprabiti dal bavero alzato, gli occhi ridotti a fessure per evitare l'acqua, Maione e Ricciardi non prestavano attenzione ai pochi passanti e ai venditori ambulanti riparati in ogni anfratto, nella speranza di un po' di sole e di una ritrovata voglia di acquisti da parte di una clientela fantasma.

I due poliziotti erano nel pieno della fase piú difficile di un'indagine: il momento di individuare le piste, i filoni da seguire.

Qualcuno aveva avuto libero accesso alla camera di Erminia Cascetta e aveva potuto ammazzarla in tutta tranquillità con violenti colpi alla testa. La determinazione a uccidere era palese, ma l'assassinio si era consumato nel silenzio: nessuno aveva udito niente, nemmeno la madre, che pure era sveglia. Un solo urlo avrebbe richiamato l'attenzione, però non c'erano stati urli. Maione aveva sentito vicini e lavoranti dei negozi, e non uno di essi aveva notato movimenti insoliti. Infine, la novità che era giunta dall'autopsia circa lo stato interessante della donna. Che cambiava molte prospettive.

Era evidente che l'assassino conosceva bene la vittima, anzi, era in stretta confidenza con lei; e dunque conosceva bene anche l'appartamento e addirittura il palazzo, le abitudini di chi ci abitava, le vie d'accesso e d'uscita. Bisognava perciò cercare nella cerchia delle amicizie di Erminia.

Per cui la modista Manuela Pozzi, unica figura individuata, se non come amica, almeno come frequentazione ricorrente della vittima, diventava cruciale per determinare quella cerchia. Sempre ammesso che avesse riaperto dalla strana chiusura del giorno prima.

Maione guidò Ricciardi fino a un civico su una traversa laterale del corso Umberto, non lontano dall'università e a poche decine di metri da casa Cascetta. Un'insegna indicava che la modisteria era all'interno, al primo piano. Un custode che spazzava acqua in cortile li fissò astioso. Una rampa di scale, poi una porta dal vetro opaco, la scritta *Modisteria* dipinta al centro.

Venne ad accoglierli una giovane graziosa con un metro da sarta al collo. Il sorriso si spense appena si trovò di fronte a due metri cubi di brigadiere bagnato.

Li condusse in una sala d'aspetto, dove stazionavano due donne che li scrutarono con un misto di curiosità e diffidenza. Meno di cinque minuti dopo udirono provenire dall'altra stanza brevi saluti espressi da voci femminili, poi un uscio si aprí e si affacciò una bionda occhialuta di circa trent'anni che si rivolse alle donne in attesa.

– Mi scusate se ricevo prima i signori, vero? Questione di poco. Spero.

Le due acconsentirono e i poliziotti entrarono nello studio della modista. Esordí Ricciardi, dopo una breve presentazione.

– Abbiamo interrogato diversi soggetti in rapporti con Erminia Cascetta, e il vostro nome è venuto fuori piú volte come persona a lei molto vicina. Corrisponde al vero?

L'ambiente era ingombro di scampoli di stoffa, forbici, modelli. Dei manichini, negli angoli, indossavano abiti incompleti, sulle pareti spiccavano pagine di riviste di moda con illustrazioni da imitare. La donna non appariva in imbarazzo.

– Commissario, eravamo amiche. Se amicizia ci può essere tra una sarta e una cliente. Erminia si serviva qua da anni, era un'ottima pubblicità: in società sapevano che vestiva da me. E siccome era nota per l'eleganza, mi ha portato parecchie altre clienti.

Maione commentò:

– E questo era il rapporto professionale, signori'. Ma il resto? Eravate in confidenza, sí o no?

– Le donne si scambiano sempre confidenze, brigadiere. Non è questione di amicizia. Noi siamo piú aperte, piú cordiali degli uomini.

Ricciardi intervennne.

– Come avete appreso la notizia della sua morte? E quando?

– È venuta da me Titina, la nipote della signora Maria, ieri verso mezzogiorno, dopo che la zia l'ha sostituita vicino ad Angelina. Sono rimasta sconvolta, comprenderete. Non ce l'ho fatta a rimanere al lavoro, ho dovuto chiudere. Sono stata a casa a piangere, per tutto il tempo.

La calma e l'apparente serenità della donna non tradivano un particolare strazio, ma Ricciardi e Maione avevano imparato che le persone reagiscono in modi diversi alle stesse emozioni.

– Quando l'avevate vista, l'ultima volta?

– Era stata da me l'altro ieri, commissario. Passava qui spesso, anche solo per salutarmi e fare quattro chiacchiere. Qui è una specie di salotto: si viene pure per semplice compagnia, non soltanto per comprare. A me fa piacere, perché cosí si resta aggiornate e ci si procura conoscenze.

– E avete avuto l'impressione che fosse preoccupata? Vi ha raccontato, che so, di un litigio, di una discussione con qualcuno?

– No, brigadiere. Erminia non aveva nessun problema, se non quello dell'assistenza alla madre ammalata, alla quale voleva molto bene. Era una donna bellissima, con tanti amici e una vita sociale intensa.

– E quindi, secondo voi, che può essere successo?

– Non ne ho idea, brigadiere. Con tutto il rispetto per il vostro lavoro, le strade di questa città, specie di questa zona, non sono affatto sicure. Magari un ladro si è introdotto per un furto, è stato colto sul fatto e ha reagito cosí, e poi è scappato.

– E nessuno lo vedeva entrare o uscire? Alle sei di sera? Non vi pare un poco strano, signori'?

– Fortuna, capacità, furbizia. Chi lo sa, brigadiere. Proprio non mi capacito che alla povera Erminia è capitata una cosa del genere. Ve l'assicuro, faceva solo del bene. In tanti anni non l'ho mai sentita parlar male di nessuno.

– E parlar male di lei?

La donna restituí a Ricciardi lo sguardo freddo.

– Tutte sapevano che eravamo amiche, commissario. Chi volete che venisse a fare pettegolezzi su Erminia, in questo atelier? L'avrei cacciata a calci, nel caso.

– Mi scuso in anticipo per la domanda che le farò, signorina: non possiamo tralasciare alcuna possibile strada, nemmeno le piú dolorose. Posso?

Pozzi annuí.

– Ispezionando l'appartamento, e assumendo informazioni sulla vita che la signorina Cascetta conduceva, abbiamo avuto conferma che non aveva problemi economici, anzi, si potrebbe dire che viveva nel lusso. La madre riferisce di un'unica entrata ufficiale, che è la pensione del defunto padre. Devo chiederle come si procurava la signorina le altre consistenti disponibilità.

La donna parve in imbarazzo. Ricciardi insistette.

– La prego: non mi dica che non lo sa. Non lo faccia. Prima di tutto perché significherebbe che non ha interesse a scoprire l'assassino della sua amica, e questo non solo non le farebbe onore, ma addirittura lascerebbe credere che ha qualche motivo per nasconderlo. E poi perché riuscirebbe soltanto a ritardare un po' il nostro lavoro, costringendoci a indagare in ambienti, – e indicò con la testa la sala d'attesa, dove le due clienti aspettavano con ansia notizie su quel colloquio cosí fuori dell'ordinario, – che userebbero la nostra indagine per infangare la memoria della signorina. Per cui le consiglio di rispondere con sincerità alla mia domanda.

Maione fece un ghigno. Scacco matto, pensò ammirato.

Pozzi si spostò verso la finestra, dando loro le spalle. I poliziotti percepirono il conflitto interiore tra la volontà di venir meno al principio di riservatezza e il bisogno di liberarsi di loro, cosa che non sarebbe avvenuta se non attraverso la verità. Era quello che Ricciardi, senza esplicitarlo, aveva inteso comunicare alla sarta.

Alla fine, come spesso accade, l'egoismo ebbe la meglio.

– C'era una persona, commissario. Una persona che di certo sosteneva Erminia economicamente, e le permetteva di vivere come viveva. Io non so nulla della loro... intimità, non so che rapporti avessero, ma di sicuro questa persona le voleva molto bene.

– Ve l'ha detto lei? Si tratta di una confidenza, o...

La donna fece di no col capo, mordendosi il labbro inferiore. Sembrava in difficoltà, ma determinata ad andare avanti.

– No, commissario. Un paio di volte ha accompagnato Erminia, e il suo autista passava sempre a regolare i conti. Mi risulta che lo stesso accadesse dal calzolaio, dal gioielliere, dal guantaio e in tutti i negozi in cui lei si serviva.

Maione non trattenne la curiosità.

– E chi è, questo benefattore?

– È un uomo parecchio piú grande di lei, brigadiere. Assai ricco e noto, e soprattutto sposato. Prima di fare il nome, devo avere garanzie che la fonte resterà riservata.

Maione si irritò e fece per rispondere, ma Ricciardi lo anticipò.

– Le prometto che se sarà possibile non diremo chi ci ha fornito l'informazione. A meno che la cosa non assuma rilevanza giudiziaria, beninteso.

La donna sospirò.

– È Catello De Nardo, commissario. L'avvocato.

– 'Azz', – commentò Maione.

XVIII.

Dopo aver accompagnato Marta dalla contessa di Roccaspina, Nelide andava a far spese per integrare le provviste che ogni settimana giungevano dai possedimenti di Ricciardi in Cilento.

Alimenti freschi, latte, pane.

E frutta di stagione.

Attraversò rapida le strade invase da impiegati, scolari in grembiule o in divisa, studenti assonnati, personale di servizio. Il popolo del mattino che lasciava case calde e riparate per spostarsi verso il posto di lavoro, affrontando freddo e pioggia.

Alla protezione di Nelide dalle intemperie provvedeva un cappotto informe appartenuto alla defunta zia Rosa, a cui era subentrata ormai da sette anni. Ci aveva messo del tempo prima di decidersi a usarlo: per la sua mentalità contadina, era un lusso inutile in quella città di mare dove non faceva mai freddo davvero. Poi aveva pensato di dover dare l'esempio alla bambina, poco incline a ripararsi. E siccome la salute di Marta era in cima alle sue priorità, eccola procedere veloce con indosso proprio quel cappotto il cui orlo, agitato dal vento forte, le sferzava le caviglie robuste.

L'andatura di Nelide non mutava mai. La giovane sapeva che la distanza minore tra il punto di partenza e quello d'arrivo era la linea retta, e a quella regola si atteneva con rigore, a discapito degli sfortunati che capitavano sulla traiettoria. Curva in avanti, spalle rigide pronte a infilarsi nel costato di chi, distratto, non fosse svelto a scansarsi al suo passaggio, espressione arcigna, labbra in perenne movimento, quasi recitasse un rosario dietro l'altro e invece ripassando le cose da fare. Nulla le sfuggiva. Fra le sue competenze rientrava persino il controllo dei contadini che lavoravano a mezzadria i terreni dei Malomonte, che Ricciardi nemmeno conosceva.

Il mercatino di riferimento era quello che si teneva a piazzetta Materdei. Lí, dove le bancarelle erano allestite già dall'alba, i commercianti davano le «voci», le caratteristiche grida che chiamavano a raccolta le clienti. Una specie di festa durante la quale, oltre a fare la spesa, si fraternizzava tra vicine.

Per accaparrarsi le acquirenti, gli ambulanti ricorrevano a forme di corteggiamento che facevano ridere tutte e arrossire qualcuna. Il piú abile e apprezzato era Scuotto Gaetano, trentenne di Melito, fruttivendolo di professione e cantante per diletto, noto come Tanino 'o Sarracino per via dell'aspetto orientaleggiante: fisico atletico, capelli neri e ricci, denti bianchi, incarnato d'ambra, occhi fiammeggianti del colore della notte. 'O Sarracino non dava la *voce*: cantava canzoni meravigliose. Il suo timbro baritonale squarciava l'aria, cosí che ogni massaia nel giro di alcune centinaia di metri sollevava lesta il viso, simile a una cerva che, al primo alito di primavera, riconosce il richiamo del maschio.

Non c'era donna nel quartiere che resistesse al fascino di Tanino; non le ragazze né le anziane, non le fantesche né le nobildonne. Tutte passavano da lui e tutte compravano qualcosa, se non altro per ricevere l'inchino che 'o Sarracino concedeva in cambio del pagamento. L'uomo si vantava di vendere la migliore frutta del mercato, ma la sua clientela non sarebbe variata di un'unità nemmeno se avesse distribuito soltanto bucce e scarti.

Snocciolando una sequela di maledizioni, Nelide arrivò alla bancarella nel bel mezzo della seconda strofa di *I' te vurria vasa'*, un cavallo di battaglia di Tanino. Un nutrito gruppo di signore e signorine sposate o fidanzate – ma comunque in piena fase di romanticismo fertile – ascoltava con sguardo estatico figurandosi la scena descritta dal poeta: una fanciulla addormentata e sognante sotto gli occhi del proprio innamorato. La governante cilentana non mostrò alcuna sensibilità artistica; afferrò un'arancia, la soppesò, fece una smorfia, la ripose nel cesto e partí verso un'altra bancarella.

Tanino interruppe il canto cosí bruscamente che a tutte parve di sentire la puntina del grammofono graffiare il disco. Scavalcò agile il banco, raccomandò all'ambulante vicino di occuparsi della sua merce e si lanciò all'inseguimento di Nelide.

Le donne, che avevano ascoltato la canzone sfidando il freddo, commentarono livide che era da maleducati allontanarsi sul piú bello, tanto piú per correre dietro alla femmina piú brutta dell'emisfero. E qualcuna, sbuffando, si lagnò che non era certo la prima volta che, al comparire di quello scorfano, Tanino perdeva la testa.

Era vero. Tanino 'o Sarracino aveva perso la testa per Nelide. La ragazza emanava un che di animalesco per cui soltanto Tanino deteneva i recettori. Da anni la corteggiava, e da anni lei gli sbatteva la porta in faccia.

Raggiunse Nelide e le si parò davanti.

– Ma perché te ne sei andata? Ti aspetto da tre giorni e te ne vai cosí?

La giovane lo fissò torva.

– Le arance sono *mosce*.

– No che non sono mosce! Forse quella che hai preso tu, che stava sopra e quindi ha pigliato la pioggia, ma se le fai scegliere a me, ti dò le migliori della regione!

– *Sotto 'a neve pane, sotto l'acqua fame.*

E fece per andarsene. Tanino cercò di fermarla.

– E che è colpa mia se qua non nevica mai come al paese tuo? Io la amo, la neve! Ci starei benissimo in mezzo alla neve, perché non mi credi? Vieni, dài, cosí cerchiamo le arance buone.

A malincuore, la ragazza tornò indietro. Tanino le selezionò una decina di frutti da esposizione, ai quali aggiunse quattro cachi maturi che, asserí, avrebbero potuto sostituire una torta per quanto erano dolci.

Durante i pochi minuti trascorsi davanti al banchetto della frutta, il giovane cercò di sfruttare l'occasione parlando il piú possibile. Disse a Nelide, la quale non mostrava di ascoltare, che la masseria in cui viveva le sarebbe piaciuta moltissimo; che lí sarebbe stata padrona e non serva, c'erano animali e alberi da frutto, e il commercio era ben avviato. Con l'aiuto di una bella moglie avrebbe avuto ancora piú successo, ed era sicuro che avrebbero avuto un futuro felice e pieno di figli.

Nelide grugní un saluto e, seguita da un lungo sospiro del Sarracino e dal ritornello di *Era de maggio*, incongruo dal punto di vista climatico ma perfetto sotto l'aspetto romantico, prese la via di casa.

Puntuale come un orologio, all'angolo c'era Rosa.

Il fatto che fosse defunta da anni non aveva variato di una virgola la sorveglianza severa che l'anziana esercitava sulla nipote. Le compariva ogni giorno, impartendo regole, insegnamenti, comandi imperiosi e indicazioni operative. Nelide, anima semplice, non si poneva domande sul soprannaturale o sull'esistenza dopo la morte: prendeva la presenza della zia come un fenomeno naturale della vita.

– Fammi capire, Ne': ma non è che niente niente ti sei innamorata del fruttivendolo?

Nelide non rallentò.

– Ma che andate dicendo, zi' Ro'? Io non ci penso a queste cose. Io penso al servizio mio e basta.

Rosa assentí. Dacché era morta e non avvertiva piú i dolori alle gambe, manteneva senza sforzo l'andatura della nipote.

– Va bene. Perché lo sai qual è il compito tuo, è giusto? Te l'ho affidato quando me ne sono andata. E ti ho scelta per questo.

– Sí, zi' Ro'. E non solo voi, pure la baronessa quando è morta e mi ha messo la creatura in braccio, mi ha detto che ci devo pensare io. E ci penso io, non tenete paura.

– Sí, nipote mia, lo so. Mi dispiace per il tuo cuore, io lo vedo, sai: ma la bambina ha bisogno di tutta l'attenzione possibile.

– Tiene qualcosa la bambina, zi' Ro'. Tiene qualcosa, e io non lo so che tiene. Ieri mattina, alla Villa...

Rosa sospirò.

– Sí, ho visto. Che ti devo dire, sono tutti cosí, la baronessa Marta, il signorino mio, e mo' la bambina. Noi mica dobbiamo capire. Dobbiamo solo proteggerli. Dal mondo intero e da loro stessi. Io cosí ho fatto, per tutta la vita mia. E adesso...

– Adesso lo devo fare io, zi' Ro'. E non vi preoccupate, vi potete stare tranquilla dove state, perché ci sono io. E io sono forte, sapete.

– Lo so, nipote mia. Lo so bene. Tu sei fortissima.

E scomparve nella pioggia leggera.

XIX.

Durante il ritorno in questura Ricciardi e Maione non commentarono, perché la pioggia ora cadeva violenta ed erano occupati a non affogare.

La strada era diventata un acquitrino. Si allargavano pozzanghere impossibili da circumnavigare; e i veicoli, transitando a velocità sostenuta, sollevavano ondate che flagellavano i rari pedoni. Il rumore assordante della pioggia copriva le pesanti imprecazioni dei passanti, assai poco in sintonia col clima natalizio.

Giunsero in ufficio zuppi e confusi. Il nome dell'avvocato che pagava i conti di Erminia Cascetta era di quelli che facevano tremare le vene e i polsi; era difficile immaginare un uomo noto a tutti come integerrimo nei panni di un amante libertino, cosí poco riservato da saldare di persona le spese della mantenuta.

Collocati i soprabiti ad asciugare su due sedie in prossimità della stufa, Ricciardi e Maione chiusero la porta, sedettero ai lati della scrivania e tolsero le scarpe, pesanti il doppio per l'acqua assorbita.

Maione disse, solenne:

– Commissa', stasera Lucia mi uccide. Me l'ha detto quando mi sono preso la febbre, un mese fa: la prossima volta ti ammazzo io, cosí non ti devo sopportare che tossisci tutta la notte. E lo farà, non ho dubbi.

– Ma no, non ti vuole abbastanza bene da essere cosí pietosa. Secondo me ti lascia scontare la pena. Io, piuttosto, dovrò sentire Nelide borbottare proverbi nefasti: è come una pentola col ragú, può andare avanti per dodici ore consecutive. In questo è pure peggio della povera Rosa.

Maione ridacchiò, passando il fazzoletto sul cranio spelato; operazione peraltro infruttuosa, perché la pezzuola era zuppa e non asciugava nulla.

– Comunque la gita acquatica è stata utile, commissa'. Non credevo che la sarta avrebbe snocciolato il nome dell'amante tanto in fretta. Una sorpresa.

Ricciardi strizzò le calze, con uno sgocciolio sinistro.

– Mah... Secondo me si voleva soltanto togliere i nostri occhi di dosso. Sapeva che avremmo continuato a chiederle questa informazione, perché è l'unica a potercela fornire. Anche se forse non è la sola a conoscerla.

– Davvero, commissa'? E chi altro?

Ricciardi rimise le calze, senza riuscire a trattenere un brivido.

– Mi risulta difficile pensare che la madre, la signora Angelina, non sapesse nulla. Benché costretta a letto, non mi pare affatto annebbiata. Un legame cosí forte non poteva sfuggirle.

– Mi pare abbastanza logico, commissa'. Comunque il problema ce l'abbiamo lo stesso, immagino che ve ne rendiate conto.

– Lo sai, io non faccio molta vita sociale. Il nome l'ho sentito, ma...

Maione fece una smorfia.

– Allora lasciate che vi rinfreschi la memoria. L'avvocato Catello De Nardo, originario di Castellammare di Stabia, è il piú importante tra i principi del foro della città, che povera di grandi giuristi non è mai stata. Le sue arringhe sono leggendarie, conosco uscieri che si vendono i biglietti per le aule dove le tiene, come a teatro.

– Insomma, un avvocato bravissimo; ma pur sempre un avvocato, no?

– No, commissa', non un semplice avvocato. È uno di quelli che decidono il destino, chi viene difeso da lui vince sempre. Ed è pure uno di quelli che, quando c'è qualche cerimonia importante, sta in prima fila. Lui, il podestà, il prefetto, il capo del partito, l'arcivescovo. Si dice che lo volevano fare senatore, che gliel'hanno proposto piú volte, ma che ha sempre rifiutato per non muoversi da qui. A Roma, insomma, non ci vuole andare.

– E adesso forse sappiamo il motivo, Raffaele.

– Sí, ma la faccenda è strana lo stesso.

– E perché? Non è la prima volta che ci troviamo di fronte a un uomo importante che ha una relazione clandestina, no?

– Per carità, commissa'. Però la povera signorina Erminia aveva una trentina d'anni, giusto? Be', De Nardo ne ha piú di settanta, ha quattro figli tutti piú grandi della nostra vittima. Ed è sposato con una marchesa che tiene una bella sostanza, bella assai. Non te lo immagini uno cosí con l'amante, a dire la verità.

Ricciardi andò senza scarpe alla finestra, a fissare la parete d'acqua che inondava la piazza.

– L'amore è una malattia, Raffaele. Non decidi quando prendertela, ed è spesso incurabile. Poverino, avrà perso la testa. Dobbiamo solo capire fino a che punto.

– Io però fatico a pensarlo arrivare, di pomeriggio, in un palazzo di una delle zone piú trafficate della città, entrare in un appartamento al primo piano, fare quella cosa orribile e filarsela indisturbato. Moltissimi avrebbero potuto riconoscerlo. Tanto è vero che ci hanno parlato di una macchina con autista che andava a prendere la signorina, mentre nessuno ci ha detto di lui.

Ricciardi tornò a sedersi e calzò le scarpe, che gli sembrarono bagnate quanto prima.

– Adesso però ci tocca la parte piú difficile: ottenere da Garzo il permesso di parlare con l'avvocato. Se è importante come dici, aspettiamoci le barricate. Lo sai quanto Garzo sia sensibile alla rilevanza sociale dei sospettati.

Maione si alzò.

– Commissa', è l'argomento del giorno in questura, voi frequentate poco e non lo sapete. Pare che il nostro superiore, da un paio di mesi a questa parte, sia diventato… diverso. Se ne va presto, arriva tardi, segue poco. Non è invadente o fastidioso come ce lo ricordiamo noi, insomma. Io proporrei questa strategia: voi mi firmate una richiesta di interrogatorio e io vado a proporgliela. Se negherà il permesso, allora ci andate voi. Cosí qualche speranza in seconda battuta la conserviamo. Che ne dite?

Ricciardi rifletté. Poi prese un foglio da una pila sulla scrivania.

– Va bene, proviamoci. Certo noi con l'avvocato ci dobbiamo parlare, e senza l'autorizzazione sarebbe impossibile. Nemmeno ci riceverebbe. Vai, io mi preparo per andare dopo di te.

Maione tornò dopo alcuni minuti, ed era il ritratto della meraviglia.

– Commissa', non ci crederete. Ponte, quel vigliacco di servo, mi ha fatto entrare subito. Aveva l'aria sconsolata. Garzo stava seduto alla scrivania con la cravatta allentata, la barba lunga, pareva uno scappato di casa. Gli ho detto dell'avvocato, nemmeno mi sentiva. Ha preso il foglio, l'ha firmato senza leggerlo. Poi mi ha chiesto come state voi e come sta la vostra bambina.

– Mia figlia? Marta?

– Sí, commissa'. Io ho risposto: bene, dotto'. E lui: mi fa piacere. Salutate il caro Ricciardi per me.

– E poi?

– E poi mi ha restituito il foglio e mi ha detto: buon lavoro, Maione. E si è rimesso a fissare il vuoto. Io sono andato via, per paura che cambiava idea. Secondo me non sta bene, tiene qualche problema di salute.

Il commissario prese il soprabito ancora bagnato.

– A caval donato non si guarda in bocca, direbbe Nelide. Ma lo direbbe in cilentano. Andiamo a trovare l'avvocato, Raffae', prima che qualcuno ci fermi.

XX.

Nonostante il permesso ottenuto da Garzo, Ricciardi e Maione decisero di riservare un certo riguardo all'avvocato. In fondo, si trattava di una presa di contatto con una persona in probabili rapporti affettivi con la vittima: nessuno l'aveva visto sulla scena del delitto, nessuno aveva testimoniato di una lite o di un deterioramento della relazione. E loro disponevano soltanto di un nome venuto fuori da un dialogo informale, per giunta con la richiesta di non dichiarare la fonte.

Si recarono perciò allo studio del professionista anziché presso l'abitazione, dove famigliari e vicini avrebbero potuto intercettare la visita. Peraltro, mentre la casa si trovava nella zona residenziale piú esclusiva della città, lo studio era in via Toledo, non lontano dalla questura; e siccome la pioggia non accennava a smettere, utile e dilettevole coincidevano in pieno.

Malgrado il riparo offerto dall'enorme ombrello del brigadiere, quando Ricciardi e Maione giunsero allo studio di Catello De Nardo sembravano due salici piangenti. Entrarono in un ambiente ampio ed elegante, in cui si muoveva una mezza dozzina di persone tra giovani praticanti e segretarie indaffarate. Come in una coreografia, ognuno seguiva in fretta una traiettoria che per miracolo non lo portava a impattare contro gli altri.

Però, appena il commissario e il brigadiere si presentarono, tutti si fermarono come per incanto. E a Ricciardi fu chiaro che sapevano sia della morte di Erminia Cascetta sia della sua relazione con il loro principale.

Si avvicinò quindi la piú anziana, una cinquantenne occhialuta dai capelli legati striati di grigio, vestita di nero.

– Sono Anna Festa, la segretaria dell'avvocato. Potete dire a me.

Poi si girò verso i colleghi, e quelli, come a un segnale convenuto, ripresero a fare ciò che stavano facendo, ostentando indifferenza nei confronti dei poliziotti.

Ricciardi disse, secco:

– In verità dovremmo parlare proprio con l'avvocato, si tratta di una questione riservata.

– Mi dispiace, commissario. Se non avete appuntamento o un motivo... procedurale, dovrete ricorrere a una convocazione alla quale l'avvocato...

– Anna, fai passare i signori nel mio studio, per cortesia. E facci avere del caffè, grazie.

A parlare era stata una voce alle loro spalle. In piedi su una soglia stava un uomo anziano, alto, gilet e maniche di camicia, cravatta allentata, folti baffi bianchi e capelli radi ai lati della testa, sulla cui sommità spiccava un ciuffo candido. Sul naso teneva un paio di lenti da lettura, e gli occhi azzurri avevano un'espressione vacua, quasi si fosse appena svegliato da un lungo sonno.

Ricciardi notò che nessuno guardava verso l'avvocato; sembravano tutti concentrati sui documenti o sulle cartelle che avevano in mano, e chi in mano invece non aveva niente afferrò un foglio per portarlo da una parte all'altra dello studio. L'unica a fissarlo fu la signora Anna, nel cui sguardo il commissario colse un lampo di tristezza e di riprovazione. Si domandò se fosse perché l'uomo aveva voluto riceverli nonostante il tentativo di lei di mandarli via.

L'avvocato entrò nella propria stanza, lasciando la porta aperta: Ricciardi e Maione lo interpretarono come un invito a seguirlo. Dietro di loro, rapida, la segretaria chiuse i battenti.

Maione declinò generalità e gradi, l'avvocato non si girò nemmeno. Si avvicinò a un mobile e si versò del liquido da una bottiglia in cristallo, bevendo un lungo sorso.

Lo studio trasudava opulenza. Nell'ambiente incombevano delle librerie gemelle in legno intarsiato, con motivi mitologici scolpiti sulla sommità. Un divano e due poltrone in pelle verde occupavano il lato opposto di una enorme scrivania scura, con quattro sedie davanti e una poltrona dietro. Il mobile bar dominava la quarta parete.

Una volta bevuto, l'uomo indicò il salottino. I poliziotti si accomodarono, e l'avvocato li raggiunse lasciandosi cadere su una poltrona che soffiò aria dai cuscini.

– Immagino di non dovermi presentare. E neanche voglio costringervi a dire la ragione della vostra visita.

Ricciardi lo scrutò. Quell'uomo sembrava straziato, e privo della volontà di nasconderlo.

– Avvocato, abbiamo preferito incontrarvi qui, allo studio, data la natura di ciò che è accaduto. E mi preme dirvi che abbiamo soltanto bisogno di informazioni, e che la nostra presenza non costituisce in alcun modo...

L'avvocato rise. Lo fece in maniera cosí imprevista e sguaiata da causare nei poliziotti un moto di sorpresa. Rise buttando la testa all'indietro, le vene del collo che si gonfiavano. Rise tanto da perdere il respiro, le mani che battevano sui braccioli della poltrona, quasi avesse appena ascoltato la piú divertente delle barzellette.

Si affacciò la segretaria, preoccupata e stupefatta al tempo stesso. Maione, che l'aveva di fronte, notò che gli occhi di lei non riuscivano a trattenere il pianto. La donna richiuse in fretta la porta.

L'avvocato si calmò un po' alla volta. Tirò fuori un fazzoletto e asciugò le grandi lacrime che gli solcavano il viso. Le lenti caddero dal naso e finirono sul tappeto, ma l'uomo non si chinò a raccoglierle. Poi parlò, fra un singhiozzo e l'altro.

– Scusatemi, abbiate pazienza, ma questa è... questa è proprio... È bellissima, non credete? Bellissima!

Ricciardi disse, tagliente:

– Non mi pare ci sia nulla di divertente, avvocato. Siamo davanti a una tragedia, con una povera ragazza morta e un assassino a piede libero. Se poi voi ci trovate da ridere, allora vi prego di chiarire l'aspetto umoristico che a me purtroppo sfugge.

L'avvocato arrossí.

– Avete ragione. Vi chiedo scusa, mi rendo conto che dal vostro punto di vista... È che per la mia intera vita non ho fatto che difendere gente che versava in una situazione simile. E sapete cosa ho sempre detto?

Ricciardi rimase in attesa. L'altro continuò.

– Ho sempre detto di tacere. Di non rispondere. Di non pronunciare frasi che avrebbero potuto prestarsi a interpretazioni dalle conseguenze nefaste. E adesso sono qui, davanti a due poliziotti, al pari dei delinquenti e degli innocenti che difendo. Non cogliete l'ironia?

Ricciardi gettò a Maione un'occhiata in tralice. L'uomo era in evidente stato di alterazione. Aveva bevuto, e molto anche, e non appariva davvero consapevole di ciò che era accaduto e stava accadendo.

Erano davanti a un'occasione importante di far emergere la verità; ma le informazioni assunte con l'avvocato cosí ridotto non avrebbero retto a nessuna verifica di credibilità.

Il commissario concluse che conveniva differire il colloquio, pur rischiando di concedere a De Nardo l'occasione di ricorrere alle proprie potenti amicizie per allontanare da sé le indagini.

– Credo sia meglio se torniamo in un altro momento, avvocato; non mi sembrate in grado di affrontare con la dovuta serenità il...

– No, no, commissario, no. Restate, vi prego. Ho bisogno di parlare con voi. E forse vi avrei addirittura cercato io, se ne avessi avuto il coraggio. Vi dirò quello che volete sapere.

Era entrata di nuovo la segretaria, stavolta portando i caffè con un vassoio, ma si fermò appena oltre la soglia, pietrificata da ciò che aveva udito.

Nelle pupille di De Nardo ora brillava una luce che sembrava di follia.

– Mi sono chiuso qui dentro. Avrei potuto andarmene chissà dove, sfruttare i miei tanti contatti. E persino costruire l'impianto di una difesa granitica, che avrebbe chiuso il discorso in pochi minuti. Ma ho deciso altrimenti.

Le tazze sul vassoio tra le mani della donna tintinnarono, testimoniando l'agitazione della segretaria. La voce le tremò.

– Avvocato, vi prego, non fate sciocchezze. Non siete in condizione di...

L'uomo sollevò lo sguardo su di lei, quasi si fosse accorto solo allora della sua presenza.

– Non è una sciocchezza, Anna. È necessario. Non è piú il tempo di nascondersi, non lo capisci? È il momento di dire tutto, invece.

Maione guardò la segretaria, che era rimasta col vassoio in mano e aveva cominciato a piangere. Anna scuoteva la testa per dire a De Nardo di no, di non farlo.

Ma l'avvocato non le diede retta.

– Io sono colpevole, commissario. Colpevole.

XXI.

Mentre svolgeva visite, il dottor Modo vide il ragazzino. Lo vide dalla finestra dell'ambulatorio.

C'era l'abituale processione di pazienti. Bruno non avrebbe sentito la mancanza di quella fila ininterrotta di vecchi che si trascinavano, di donne e uomini contorti dal dolore, di bambini denutriti in braccio a madri stravolte dalla preoccupazione.

Non aveva mai davvero considerato l'idea del pensionamento: se ne rendeva conto soltanto ora, a pochi giorni dal cambiamento cosí radicale che l'attendeva. D'un tratto si sarebbe ritrovato senza ospedale, senza pazienti, senza colleghi, senza suore né inservienti, senza quella scintilla di soddisfazione per una diagnosi corretta, senza la bruciante delusione per un corpo privo di vita.

Un'esistenza intera al servizio del prossimo. Sin dalla trincea sul Carso, fatta di arti amputati, di fango e di proiettili che fischiavano vicino alle orecchie; e di ideali, e di lotta, quando il nemico era riconoscibile, perché parlava un'altra lingua e invadeva il tuo paese. Non come adesso, che il nemico era come te, tuo concittadino. Non come adesso.

Stava auscultando le spalle di un tisico. Riconosceva il sibilo della tubercolosi; gli domandava quali sintomi manifestasse: tosse, febbre, sudorazione notturna. E ancora stanchezza, perdita di peso, costole sporgenti.

Il nemico.

Per Modo il nemico era la bugia. L'eterna menzogna che vestiva di luce il buio, e pretendeva che brillasse al sole un mondo che non aveva nulla di luccicante.

Come avrebbe potuto dare credito a ciò che diceva il giornale, se vedeva quello che vedeva? Questo avrebbe chiesto a Severi, se non avesse temuto di mettere il collo nudo su un ceppo.

Se avesse potuto interloquire da pari a pari con quella lurida spia, col delatore infame messogli alle calcagna dalla polizia politica, avrebbe preteso di sapere come si poteva essere medici, lavorare nel ventre cirrotico della città, e credere alle balle del regime. Senza rilevare le incongruenze, che invece erano assai chiare.

L'annuncio della non belligeranza, per esempio. Tutti a tirare un sospiro di sollievo, tutti a pensare di essere fuori dalla mischia. Poi erano iniziati i razionamenti, e di lí la corsa all'accaparramento dei generi alimentari, gli acquisti al mercato nero. E c'era perfino chi premeva per «rompere gli indugi» e sedersi al tavolo della spartizione di territori da conquistare.

Da piú di dieci anni era partita la follia dell'impero, e le conseguenze Modo le aveva sotto gli occhi: le sanzioni internazionali avevano prodotto povertà, denutrizione, privazioni e morte. E nessuno lo ammetteva, nessuno si lamentava, quasi fosse un male necessario.

Anzi, se malanimo c'era, era nei confronti dei ricchi europei che si ponevano di traverso sulla via dell'italica grandezza, che doveva ricostruire quella passata.

Come si poteva credere che non si sarebbe entrati in guerra, se solo quel maggio era stato firmato il Patto d'acciaio con il pazzo tedesco? Con un legame cosí, e con le operazioni militari di conquista avviate dalla Germania, com'era possibile non immaginare le ripercussioni?

Severi, la spia, aveva piú volte aderito alle posizioni del duce, anche perché venivano da due paesi molto vicini. Gli era capitato di sentirlo parlare in pubblico, e come un ebete esaltato ne aveva decantato il carisma e le indiscutibili virtú oratorie. E poiché Modo, alla notizia dell'invasione della Polonia quel primo di settembre, non si era trattenuto dal bestemmiare, il collega lo aveva accusato di disfattismo.

Era stato a un passo dal dirgli: denunciami, allora, vigliacco. Esci allo scoperto e fammi mandare al maledetto confino, dove perderò la libertà ma almeno starò con esseri senzienti e non piú qua, a guardare il tuo brutto grugno, e ad ascoltare alla radio le folli parole del tuo carismatico conterraneo che ci porterà dritti nel baratro.

Tuttavia non l'aveva fatto. Non perché non fosse certo delle proprie convinzioni, e nemmeno perché non vedesse con chiarezza il destino del paese. Ma perché aveva paura.

Quando anni prima era stato arrestato, e Ricciardi era riuscito a farlo liberare con l'aiuto della vedova Vezzi, aveva provato il terrore puro di sprofondare nell'abisso. Insieme ad altri che ignoravano di cosa fossero accusati, era stato caricato su una nave che salpava di notte verso l'ignoto. A bordo c'erano giovani omosessuali che, in lacrime, dicevano che li avrebbero gettati in mare dal ponte, e che per loro non c'era alcuna destinazione poiché, non esistendo un capo d'accusa, non poteva esserci carcerazione né processo.

Era stato allora che dentro Bruno Modo era esplosa la battaglia personale che lo aveva fiaccato e gli aveva mutato il carattere, rendendolo l'uomo guardingo e diffidente che era adesso. Il conflitto tra il desiderio di ribellione, la visione obiettiva della situazione sociale e politica, e il desiderio istintivo di salvezza, di libertà, di vivere la vita che aveva davanti. E quando nel 1934, durante le elezioni nazionali, la città si era espressa a favore dei deputati designati dal Gran Consiglio del fascismo con duecentocinquemila sí contro novantadue no, lui a votare non c'era andato.

Scrisse il tentativo di cura per il paziente tisico; era cosí denutrito, e la malattia cosí avanzata, che di certo non sarebbe arrivato alla fine della settimana. Buon per te, rifletté Modo. Ti risparmierai anni di dolore e di sofferenza. Io conosco la guerra, e magari adesso è anche peggiorata. Ti consiglio di tenerti stretta la tua tubercolosi.

Lanciò un'occhiata all'interno. Severi, a breve distanza, visitava i propri pazienti. Era lento, sembrava coscienzioso, ma secondo Modo era solo incapace. All'inizio, poco dopo il suo arrivo, si era addirittura convinto che non fosse un vero medico. Poi, un po' alla volta, almeno sotto quell'aspetto lo aveva rivalutato. Ma i segnali erano univoci: si trattava di una spia. Ce n'erano tante in giro, era ovvio che prima o poi ne avrebbero messa una anche in ospedale.

Il serpente aveva cominciato quasi subito a provocarlo, portando la conversazione sul terreno politico. Chiedeva sempre la sua opinione; e presto era passato a domandargli come trascorresse il tempo libero, chi frequentasse. Per fortuna a quel punto Modo aveva ben chiaro chi fosse, e dunque mentiva o taceva. Pian piano il vigliacco aveva smesso di pungolarlo. Bruno era sicuro di essere riuscito a dissimulare.

Il conflitto interiore, però, non era cessato; e Modo aveva proseguito l'attività antifascista, prendendo contatti con personaggi che per fortuna avevano conservato la ragione in quella follia collettiva. Dall'anno prima, dacché erano state varate le leggi sulla razza, aveva partecipato alla pubblicazione di volantini in cui era scritto con chiarezza che l'antisemitismo non apparteneva alla storia e alla cultura del paese; e aveva assistito con orrore all'arresto e alla sparizione di alcuni compagni che avevano operato con lui.

Aveva paura, sí. Ma non poteva starsene fermo a guardare. Soprattutto ora che, andando in pensione, non avrebbe nemmeno piú potuto rendersi utile come medico. Perciò aveva deciso di continuare la propria battaglia insieme al piccolo esercito di dissidenti che frequentava in segreto. Una rete diffusa nell'intero territorio nazionale, attenta a non farsi scoprire e sempre aperta alla discussione e al confronto. Per non dimenticare che esisteva una verità che non poteva essere spenta dalla violenza.

L'aria stanca, chiese a Severi di occuparsi anche dei suoi ammalati perché voleva andare a fumare. L'altro acconsentí, con l'ipocrita gentilezza che lo caratterizzava.

Uscí in cortile. Il vento freddo aveva preso il posto della pioggia. Gli venne incontro il cane, suo fedele amico da anni. Era vecchio, ma ancora vivace: proprio come me, pensò Modo, accarezzando la bestiola che gli faceva le feste.

Gettò lo sguardo verso l'ambulatorio. Severi era circondato di pazienti. Poteva procedere.

Fece un cenno al ragazzino, che si era riparato sotto il portico. Era lacero e sporco di fango, ai piedi un paio di scarpe da adulto sottratte a chissà quale cadavere. Orfani e determinati a sopravvivere per strada: erano in tanti, e sapevano distinguere chi li aiutava da chi nemmeno sapeva che esistevano.

Il ragazzo si avvicinò e gli porse un pezzetto di carta; lui gli diede una moneta. Lo scambio durò meno di due secondi, ma non sfuggí a due occhi porcini dietro le lenti, dallo stanzone dello studio medico.

Modo spense il mozzicone, accarezzò di nuovo il cane e rientrò.

Il foglietto era stato strappato in mille, minuscoli pezzi, e affidato al vento del cortile.

Sopra, c'erano stati un indirizzo e un orario.

XXII.

Lo so cosa pensate.

Mi vedete in queste condizioni, non vi sembro sereno, attendibile. Vi state chiedendo se e in che misura i fatti che dirò adesso, qui, siano utilizzabili ai vostri fini, qualora, e nemmeno è detto, siano veritieri. Se dovrete sottoporli a verifiche, e se le verifiche saranno facili, o quantomeno plausibili.

No, Anna, resta pure. Sai tutto di ciò che è accaduto negli anni passati. Tanto vale che tu sia testimone dell'epilogo, per triste e doloroso che sia.

Sono colpevole, sí.

E mi darete atto che nessuno come me è consapevole del significato di tale parola. Piú di qualsiasi giudice, piú di ognuno di voi, piú di un questore o di un prefetto. Perché la colpevolezza la incontro subito, nelle ammissioni di chi mi viene a cercare, di chi si rivolge a me e dice: avvoca', aiutatemi. Salvatemi, perché sí, sono stato io.

Il colpevole è colui che ha la colpa. Semplice. La ragione vera del male, il motivo per cui succede quello che succede.

Sono ubriaco? Forse. Ma di un'ubriachezza che fa vedere chiaro e abbatte le barriere che ci fanno essere bugiardi. Ubriaco per essere onesto, per non difendermi dietro le strutture che mi sono fabbricato in una vita di contatti, amicizie, relazioni. Ubriaco e sincero, quindi l'ideale per parlare con voi.

Non dormo da due giorni. Non torno a casa da due giorni. Per cui vi ringrazio della delicatezza, ma è stata inutile, perché non mi avreste trovato. Mia moglie, i miei figli, la servitú vi avrebbero detto: provate allo studio. Ve l'avrebbero detto con un po' di imbarazzo, perché avranno saputo come l'ho saputo io, perché in questa città le notizie corrono veloci.

Non vi dirò chi me lo è venuto a dire. Forse la stessa persona che vi ha fatto il mio nome, forse una serva che l'ha detto al mio autista, forse un cliente che voleva vedere che faccia faceva il suo avvocato appena riceveva la notizia dell'amante uccisa. Ma l'ho scoperto presto, quando voi siete arrivati lí e l'avete rinvenuta.

E io sono colpevole. Assolutamente colpevole.

Conosco Erminia dacché è nata, e questa è una ulteriore colpa, una sporcizia che mi porto addosso. L'ho tenuta in braccio, ero presente al battesimo perché ero amico del padre, e mia moglie amica della madre, dal tempo in cui eravamo giovani professionisti, io una speranza del tribunale e lui dell'ospedale. Ridevamo, mangiavamo, frequentavamo gli stessi circoli. Era una persona allegra e simpatica, il padre di Erminia. Chissà se, una volta che da morti saremo uno di fronte all'altro, potrà perdonarmi.

Ho quattro figli, tutti piú grandi di Erminia. Fosse stata figlia mia, sarebbe stata la piú piccola. Una vergogna, lo so. Uno schifo. Qualcosa di disgustoso, me ne rendo conto. Ma risparmiatemi la morale, non mi dite cose che già conosco e che da sedici anni mi sento ripetere dietro, e quando non le sento è come se le sentissi lo stesso, guarda il vecchio con la ragazzina, che infamia.

L'amore è un'assurdità, d'altra parte. Col mestiere che fate, lo sapete meglio di me. In nome dell'amore si commettono le peggiori nefandezze, è la materia quotidiana del mio e del vostro lavoro, non è cosí? L'amore, e si sfregia. L'amore, e si accoltella. L'amore, e si spara. L'amore.

Erminia io l'avevo sempre vista come una bambina. Non ci avevo pensato mai, non ci avrei pensato mai. Era lei che non vedeva me come un padre o come uno zio, un amico dei genitori. Mi ha raccontato di essere sempre stata innamorata di me, da bambina mi guardava e pensava: quanto sarebbe bello se mi amasse. Non uno come me però piú giovane: proprio io.

E un giorno, quando il padre c'era ancora, un giorno venne qui da me. Mi preoccupai, ricordo; le chiesi cosa fosse successo.

C'è un momento nella vita di un uomo in cui si diventa fragili di cuore. Voi, commissario, per ora non siete in pericolo, forse; ma voi, brigadiere, probabilmente mi potete capire. Un momento in cui si ha bisogno di sentirsi giovani e forti; in cui non ci si rassegna a essere diventati un pezzo di un ingranaggio, una rotella magari importante, ma pur sempre una rotella. Funzionali a qualcosa, utili a qualcosa, tuttavia senza peso, senza possibilità di scelta. La famiglia e il lavoro, il lavoro e la famiglia. Cose splendide, ma possono diventare una morsa che stritola.

Sto dicendo un sacco di banalità, vero? Lo so. Purtroppo la vita in buona parte è proprio una sequela di banalità, tutto già sentito, tutto già detto. Erminia mi venne a cercare nel preciso istante in cui avevo bisogno di questo.

E la guardai vedendo per la prima volta quello che era: non una bambina, non la figlia di uno dei miei piú cari amici, non una delle tante persone che entravano nel mio studio a chiedere aiuto, ma una donna bellissima, nel fiore degli anni, che avrebbe potuto avere chiunque avesse voluto, e che voleva me. Nonostante sapesse di mia moglie e dei miei figli, nonostante fosse consapevole della natura che avrebbe avuto la nostra relazione, voleva proprio me.

Non rinnego niente, commissario. Non rinnego di non avere avuto remore o dubbi. Non rinnego di essere caduto in questo amore con tutto me stesso. Non rinnego di aver mantenuto la relazione con lei per anni, perché era il lato bello della mia vita, l'unico egoismo che mi sono concesso.

Non rinnego i soldi che ho speso, sono denari miei che guadagno con fatica: e se un uomo non fa mancare nulla alla famiglia, del resto può fare ciò che vuole.

Non rinnego di aver rischiato pettegolezzi e maldicenze, rendendomi ridicolo agli occhi dei piú. Se siamo stati riservati, prudenti, lo si deve a lei, a Erminia. Fosse stato per me, mi sarei mostrato senza reticenze. Ma non volevo rovinarle la reputazione: era giovane, poteva e doveva sperare in un futuro, un marito, dei figli.

Mi diceva che le bastavo io. Che non necessitava di altro, e che doveva occuparsi della madre. Angelina, lo avrete visto, non può piú alzarsi dal letto, ha bisogno di aiuto costante. Io però non potevo dare a Erminia rilevanza sociale, non potevo esibirla al mio fianco come avrebbe meritato.

Ecco perché sono colpevole, commissario.

Sono colpevole di averla costretta a stare nell'ombra. Colpevole di non averla mai portata sottobraccio a teatro, o al cinematografo. Colpevole di non averle dato il mio nome. Colpevole di non averle dato un figlio. Colpevole di averle sottratto una vita luminosa e brillante, perché Erminia era cosí, luminosa e brillante.

Certo, le saldavo i conti. Certo, il mio autista andava a prenderla e la portava nei ristoranti fuori mano, dove il pericolo di essere riconosciuti era trascurabile. Certo, facevo in modo che potesse pagare l'assistenza alla madre, che avesse cose belle. Ma non credete che tutto questo potesse contraccambiare una sola carezza che ho ricevuto da quell'angelo del paradiso.

Non era il corpo. Non avevamo piú rapporti da qualche anno. Sono vecchio, e ho un problema di salute che mi impedisce ogni attività. Ma non significava niente, non toglieva un grammo all'importanza che Erminia aveva per me. Restava la parte bella della mia vita, e nel testamento c'era un posto per lei, e pure rilevante. Quante volte abbiamo riso, pensando al giorno in cui avrebbero letto le mie ultime volontà. E lei mi diceva che avrebbe voluto morire prima di me, perché senza di me non poteva immaginare di esistere ancora. Non era vero, commissario, non poteva essere vero; ma era cosí bello che me lo dicesse.

Sono colpevole, sí. Colpevole di non averla potuta difendere dalla mano che ha fatto quello che ha fatto.

Colpevole.

Non sono stato io, no. Io l'amavo di un amore puro e immenso. Se mi avesse detto che mi lasciava, non l'avrei amata di meno. E sarebbe forse diventata di nuovo come una figlia, l'avrei protetta e sostenuta, e nemmeno avrei cambiato il testamento. Io l'amavo. E l'amerò per sempre.

Potete verificare, Anna è a vostra disposizione. Non sono mai stato solo quella sera: prima qui in studio, poi è arrivata mia moglie con l'autista e siamo andati a teatro. Con me c'è stata una moltitudine di persone, anche se in realtà ero solo, schiacciato dall'assenza di Erminia e vittima della mascherata che è la mia esistenza, fatta di sorrisi artificiali e di parole sussurrate, senza felicità.

È terribile la felicità, commissario. Ti accorgi di averla conosciuta soltanto quando l'hai perduta.

Dacché mi sono chiuso qui dentro, non ho fatto che rivedere i momenti felici, come sfogliando un album di fotografie; e posso dirvi che non c'è nessun istante degno di essere ricordato che non fosse con Erminia.

No, non sono stato io. Non avrei mai potuto. Era la mia ragione di vita. Se l'avessi fatto mi avreste trovato riverso accanto a lei, suicida.

Non sono stato io.

Ma questo non toglie niente alla mia colpa.

Niente.

XXIII.

Tornando a casa, Maione rifletteva.

Nel corso di quella camminata, terra di nessuno tra il lavoro e la famiglia, il brigadiere si liberava delle scorie per rimanere concentrato, all'arrivo, sulle questioni familiari che avrebbe trovato ad attenderlo.

Adesso stava pensando a Catello De Nardo, e al contenuto di quella specie di confessione delirante. Certo, avrebbero dovuto verificare gli spostamenti e il luogo in cui si trovava in effetti l'avvocato all'ora del delitto: ma d'istinto Maione gli aveva creduto.

Aveva visto innumerevoli volte le conseguenze di una gelosia ossessionante e invasiva nella vita di un uomo che sembrava avere tutto; e l'ammissione dell'avvocato sulla propria impotenza sessuale apriva nuovi scenari, perché lo stato di gravidanza della vittima implicava un'altra presenza nella vita di lei.

Ne aveva parlato con Ricciardi durante il rientro in ufficio, mentre la pioggia cedeva il passo a un vento gelido che tagliava le orecchie. Il commissario aveva detto che se l'alibi di De Nardo avesse avuto conferma, avrebbero dovuto avviare un nuovo giro di interrogatori fra la sarta, la portinaia e la madre di

Erminia Cascetta: sperando che qualcuna di loro potesse o volesse dargli qualche indicazione.

L'altro pensiero che frullava nella testa di Raffaele era ciò che aveva detto l'avvocato sulla fragilità degli uomini giunti a una certa età. Di sé stesso ricordava un unico momento di debolezza, molti anni prima, quando Lucia sembrava non voler uscire dall'abisso in cui era precipitata dopo la morte di Luca. Rammentava un oscuro, disperato bisogno di calore e di dolcezza, e il viso sfregiato di una donna incontrata proprio nei vicoli che ora stava attraversando controvento, la testa incassata nel bavero del cappotto, le mani affondate nelle tasche, in salita, curvo nella luce ondeggiante dei lampioni.

Filomena, si chiamava. Era bellissima, nonostante la ferita alla faccia. Tanto bella da doversi far sfregiare addirittura dal figlio, per trovare un po' di pace in una città che vedeva una donna sola come preda. Si domandò con una punta di malessere dove fosse adesso, e cosa facesse in quei tempi difficili; e ci mise un attimo a capire che quel malessere era dovuto alla coscienza che lo aveva allontanato da lei, per paura di cedere al bisogno di aggrapparsi l'uno all'altra, per non affogare nel silenzio.

Era cosí assorto che, quando si sentí strattonare da dietro l'orlo del cappotto, per poco non gli prese un colpo. Si girò, e si trovò di fronte un bambino di sette o otto anni, vestito di stracci e livido per il freddo. Gli si strinse il cuore e cercò il portamonete nella tasca dei pantaloni per prendere qualche spicciolo, ma il ragazzino gli mostrò lo stesso borsellino che era sparito dal suo originario alloggio.

Maione spalancò occhi e bocca.

– Piccola canaglia!

E fece per acchiapparlo per la collottola; ma l'altro sgusciò in un lampo, e si mise a correre per un vicolo perpendicolare a quello in cui passava il brigadiere.

Maione si lanciò all'inseguimento; una parte del suo cervello, non annebbiata dall'affanno, si chiese per quale motivo il bambino avesse voluto irriderlo invece di scapparsene subito con la refurtiva, giacché lui nemmeno si era accorto di essere stato derubato; e non si diede altra spiegazione che l'assoluta certezza di non essere preso. Questo gli moltiplicò non solo le forze, ma anche il rammarico per la zuppiera di pasta al ragú consumata voracemente a pranzo, che gli zavorrava la corsa.

Non appena giungeva a un angolo, prima di svoltare il bambino addirittura si fermava e gli sventolava il borsellino come un fazzoletto. Il brigadiere avrebbe volentieri imprecato, se avesse avuto fiato a sufficienza.

Andarono avanti cosí per quasi un quarto d'ora, in cui Maione colse sguardi divertiti dalle finestre e dalle porte dei bassi che la sua mente annotò, per vendicarsene in un secondo momento. Il fuggitivo si infilò in un portone buio e si fiondò lungo la rampa di scale mal illuminata che saliva dal cortile, fino a una porta socchiusa in cima a un pianerottolo. Maione lo braccò dando fondo all'ultima riserva d'aria nei polmoni, ed entrò pure lui.

Si ritrovò davanti a uno spettacolo inatteso.

Un tavolo al centro di una stanza, intorno al quale tre donne sedevano compunte a sorseggiare un tè, come in una scena di ambientazione inglese.

Nessuna di loro reagí quando il bambino irruppe, e nemmeno all'ingresso di Maione, il quale si fermò di botto e oscillò in avanti rischiando di finire sul pavimento. L'ambiente era illuminato da una lampada a stelo in un angolo. Tutto ridondava: troppo raso, troppo velluto, troppi centrini, troppe stoviglie, alla ricerca di un'eleganza scaduta nel pacchiano e nell'eccesso.

Persino l'abbigliamento delle donne era esagerato: vesti ampie, cappelli a falda larga, velette, guanti lunghi e scarpe in vernice lucida. Maione si convinse che la corsa gli avesse prodotto delle allucinazioni, e protestò in silenzio con la propria mente annebbiata per la scadente qualità delle immagini.

Il bambino si rifugiò dietro una delle tre, un donnone monumentale incassato dentro un abito in velluto rosso sovrastato da un cappello nero. Maione balbettò delle scuse per l'intrusione, ansimando e toccandosi la visiera.

Poi un'altra, che gli dava il profilo, sollevò di poco la veletta per sorbire un sorso di tè. Il mignolo alzato e il risucchio prolungato, disgustoso oltre ogni dire, ebbero l'effetto di bloccare all'istante le scuse di Maione.

Esisteva un solo essere al mondo capace di bere il tè e il caffè facendo quel rumore.

E non era di sicuro una signora.

– Bambinella?

Alla domanda dubitativa del poliziotto la donna depose con grazia la tazza, si asciugò la bocca lasciando sul tovagliolo il segno delle proprie labbra pittate e sollevò del tutto la veletta.

– Caro brigadiere, benvenuto. E grazie di aver accettato il nostro invito.

Maione ebbe una vertigine e si appoggiò allo stipite della porta. Ancora non riprendeva fiato, e la situazione non aiutava. Indicò il bambino, il cui viso curioso e per niente impaurito sbucava da dietro la spalla dell'enorme donna velata seduta di fronte al poliziotto.

– Quel delinquente... quello scugnizzo ladro, lo conosci? Perché se lo conosci, quant'è vero Iddio, arresto tutti e due.

Il *femminiello* rise, coprendo i denti sporgenti con le lunghe dita guantate.

– E certo che lo conosco, brigadie'. È Tommasino, il nipote di Teresina, qui presente.

Il donnone sollevò a propria volta la veletta, rivelandosi in realtà un omone malgrado il pesante trucco a nascondere la barba in lieve crescita sulle guance. Con voce profonda, che risuonò nel piccolo ambiente come un trombone, disse:

– Buonasera, brigadie'. Scusate il modo poco signorile con cui vi abbiamo invitato, ma senza l'aiuto di mio nipote non sapevamo come mandarvi a chiamare.

Maione si girò verso la terza occupante delle sedie, che indossava uno sgargiante abito giallo a fiori rossi. Quando tolse il cappello, liberò una cascata di finti capelli biondi che le ricaddero sulle spalle.

– Buonasera, brigadiere. Io sono Luisella.

La voce non lasciava adito a dubbi: il vero nome di battesimo era Luigi. La conferma giunse dai tratti spigolosi del volto.

Maione tirò fuori la pistola d'ordinanza, suscitando un generale squittio. Solo Bambinella, avvezza da anni al rischio di essere passata per le armi dal brigadiere, non batté ciglio.

– Avanti, Tommasi', restituisci il borsellino al brigadiere. Fai il bravo.

Lo scugnizzo fissò la zia. Non aveva nessuna voglia di mollare il bottino. Il donnone però annuí, e lui da lontano lo lanciò a Maione che lo raccolse da terra, guardando in cagnesco il ragazzo. Bambinella riprese:

– Ci dovete scusare per il modo... creativo con cui vi abbiamo fatto venire, brigadie'. Però quando avrete visto coi vostri occhi capirete, e ci ringrazierete pure. Questi non sono tempi in cui una di noi può rivolgersi alla polizia alla luce del sole. È meglio per voi che la gente vi abbia visto soltanto inseguire un ladruncolo per i vicoli. È stata una delicatezza nei vostri confronti.

Maione aveva ancora la pistola in mano.

– Bambine', tu mi devi dare subito una ragione per non spararvi a tutti. Ma dev'essere buona, perché a me per poco non mi veniva un infarto, con la corsa che quel delinquente mi ha fatto fare. Dovrei già stare a casa per la cena, ché mia moglie e i miei figli mi stanno aspettando.

Le tre si scambiarono uno sguardo triste. Luisella, la bionda, scosse la testa con un sospiro teatrale. I capelli erano nuovi e le erano costati parecchio, quindi appena poteva li sventolava.

– Brigadie', voi siete del quartiere. Sapete che la nostra piccola comunità è molto benvoluta dalla gente che vive qui, e per questo ci protegge. Ma in pratica non possiamo piú uscire, ci muoviamo soltanto la sera tardi, lavoriamo pochissimo; viviamo della carità e dell'affetto di chi ci vuole bene. In cambio facciamo qualche servizio, ci diamo da fare…

Maione puntò la pistola verso di lei.

– Se a quest'ora di sera e dopo questa corsa tu mi fai immaginare pure i servizi che fai per mantenerti, io ti sparo. E ci togliamo il pensiero.

– Conservatevi la pallottola, brigadie'. Casomai mi sparate piú tardi.

Maione si preoccupò. E prese coscienza della stranezza del contesto, con tre personaggi di tal fatta che lo attiravano in un appartamento sconosciuto in quella maniera assurda, servendosi di un ragazzino.

– Bambine', adesso mi state facendo impressionare. Ditemi subito che volete da me, per favore.

A rispondergli fu Teresina.

– È come una specie di patto, brigadie'. Noi ce ne stiamo qua, senza farci vedere e senza andare passeggiando per la città. In maniera che possono fare finta che non esistiamo, che non siamo mai esistite.

La bionda Luisella continuò.

– E loro ci lasciano stare. Non ci vengono a prendere a casa, non ci portano in qualche isola lontana o in qualche posto dal quale nessuno esce mai piú.

Maione continuava a non capire.

– Queste cose non le so e non le voglio sapere. Io mi occupo dei delinquenti, di chi fa del male agli altri. Di questo mi interesso, io. Perché mi avete mandato a chiamare, si può sapere? Che volete da me?

Le tre si scambiarono un lungo sguardo d'intesa, poi Bambinella si alzò con un fruscio di vesti.

– Ci sta una cosa che dovete vedere, brigadie'. Venite con me.

XXIV.

La sera per Bianca era il momento peggiore.

Si poteva ingannare la vita facilmente, di giorno. Non c'era problema a riempire le ore, e gli interi pomeriggi, le mattinate. C'era il sole, le strade erano gremite di gente; oppure i marciapiedi si coprivano di una selva di ombrelli, sotto la pioggia. C'era spazio per gli sguardi e le parole, di giorno.

Si poteva andare a guardare le vetrine, o a prendere un caffè al tavolino di un bar; ci si poteva fermare a un carretto, comprare una spremuta di limone o una pizza fritta, una fetta di anguria o un cartoccio di castagne, chiacchierando con il venditore.

Si potevano ammirare i ragazzi dalla pelle bruna mentre si tuffavano, se era estate; o sguazzare a piedi nudi nelle pozzanghere in inverno. Finché era giorno, tutto era possibile: anche immaginare di non essere soli.

Un bicchiere in mano, le lunghe dita a reggere il gambo del calice; l'abito in seta, drappeggiato sulle gambe flessuose; il collo sottile, i capelli dai riflessi ramati raccolti in un'acconciatura morbida; il profilo disegnato dai bagliori del camino, il naso all'insú, il labbro imbronciato. La contessa di Roccaspina era una delle donne piú belle della città, ed era di certo la piú ricca.

Eppure era sola.

Al di là della finestra, il castello spiccava all'interno di una massa scura che spumeggiava sugli scogli del lungomare. Il vento scuoteva gli infissi. In strada non c'era nessuno.

La sera era il momento peggiore.

La canzone diffusa dal grammofono era in sintonia con quello che Bianca vedeva scorrere dai vetri: dolcezza e malinconia, e una luna resa luminosa dal vento e ombrata dalle nuvole in corsa.

When I wasn't nothin' but a child
all you men tried to drive me wild.
Now I'm growin' old
and I've got what it takes
to get all of you men told.

La voce graffiata di Bessie Smith, e il suo meraviglioso *Reckless Blues*. Un'altra delle bellissime eredità di Carlo, il duca di Marangolo; come tutto ciò che Bianca possedeva, del resto. Come Achille, il maggiordomo la cui presenza muta avvertiva dietro di sé, pronto a cambiare il disco quando fosse finito e a riempirle il bicchiere, se avesse fatto un cenno. Come la solitudine, che l'avvolgeva e non si poteva ingannare.

Non di sera.

Di giorno c'era Marta, altro supremo inganno. La figlia che non era figlia, pur amandola sempre piú, pur riconoscendo in lei la dolcezza di cui aveva bisogno. Marta che beveva ogni insegnamento come un'assetata, che le fissava gli occhi viola quasi fosse in grado, piccola com'era, di guardarci attraverso. Marta, che la baciava quando arrivava, e le colmava l'anima di gioia, e la baciava ancora quando se ne andava, mentre lei provava a nascondere la tristezza della separazione.

Marta, il cui padre era un uomo che non era l'uomo di Bianca. E che, con ogni probabilità, non lo sarebbe stato mai.

Bevve, con un unico sorso nervoso. Poi sporse il bicchiere e lo agitò. Una mano invisibile versò il vino nel calice. Bianca percepí l'inchino alle proprie spalle.

La sera era il momento peggiore.

Certo, impegnare le serate sarebbe stato facile. Anche in quei tempi complicati, l'alta società continuava a ballare, a cenare e a festeggiare come se tutto fosse uguale a sempre, e magari per loro lo era. Il vassoio in argento sulla mensola all'ingresso era zeppo di biglietti, inviti alla signora contessa per questo o quel ricevimento. E gli armadi della grande camera da letto esplodevano di abiti per ogni occasione, che non erano mai stati indossati e aspettavano di lasciare senza fiato schiere di invitati avidi di canapè e pettegolezzi.

Ma a lei non andava di uscire la sera.

Non le piaceva partecipare a quegli eventi pieni di vuoto, di chiacchiere superficiali e di carte da gioco, di cacciatori di dote e di affaristi senza scrupoli, di giocatori d'azzardo e di nobili decaduti. Non faceva per lei, che per sostanza e per nome sarebbe stata l'ospite d'onore ovunque.

Era ancora giovane. Le poche amicizie che coltivava, con signore piú anziane, la spingevano a frequentare ambienti in cui avrebbe potuto trovare qualcuno in grado di attenuare la sua solitudine. Ma non voleva.

Non che amasse stare da sola. In certi momenti sentiva il corpo urlare, la voglia di carezze e di baci sembrava quasi ubriacarla. Era stata sposata, in un'altra vita; e aveva amato il marito, nonostante l'inaffidabilità e la tendenza autodistruttiva, che lo aveva prima ridotto in rovina e poi condotto in prigione, dove ancora si trovava, accusato di un omicidio che, Bianca lo sapeva, non aveva commesso. E tuttavia non aveva voluto essere salvato.

Non ricordava nemmeno come fosse l'amore, e di certo non lo provava piú per quell'uomo. Ma ancora ne sentiva il bisogno.

Che esistenza strana, la sua. Povera e disperata allora, con un consorte che precipitava nell'abisso; ricchissima e sola oggi, quando avrebbe potuto essere felice e rendere felice chiunque.

La mente andò a Emanuele Carotenuto di Calabritto. Si domandò la ragione di quel collegamento, e scrollò il capo quasi a liberarsi da pensieri oscuri.

Emanuele non faceva mistero di essere attratto da lei. Si faceva annunciare spesso, all'ora del tè; le teneva compagnia, affascinante e colto, un'ombra di sofferenza negli occhi. Le rammentava Carlo Marangolo, per l'ironia e il lieve cinismo. Gliel'aveva presentato un'amica, una delle rare volte in cui si era recata a teatro: davano la *Carmen*, e il desiderio di risentire Bizet l'aveva spinta fuori di casa. Viso squadrato, baffi e capelli scuri, fossetta sul mento, inchino e sorriso. E dopo: mi scuserete, signora, ma devo dirvi che non ho mai visto niente di piú bello di voi. Mi permettete di venirvi a rimirare, quando avrò bisogno di bellezza?

Aveva riso per l'assurdità del complimento. Colta di sorpresa, aveva detto di sí.

Cosí erano nate le conversazioni del pomeriggio. Lui arrivava, chiacchierava di musica e di letteratura, non le toglieva gli occhi di dosso. Poi salutava e se ne andava, senza chiederle di rivederla. Sembrava bastargli un tè e guardarla parlare.

Un tipo strano. Intrigante.

Ma se avesse dovuto dire quando il cuore le saltava un battito, avrebbe detto la mattina, appena Marta la baciava sulla guancia.

Si domandò se fosse perché quella bambina rappresentava il legame che la teneva stretta all'uomo che ne era il padre.

Enrica, pensò, mia cara, dolce amica. Mi hai lasciato la cura della tua bambina. Chissà se avevi in mente di lasciarmi anche la cura dell'uomo che amavi; e chissà se lui capirebbe che Marta ha bisogno di una famiglia completa, e che ogni persona merita un'altra possibilità di essere felice.

Fuori, la scura massa d'acqua urlava contro gli scogli.

Dentro, Bessie Smith diceva:

I ain't good lookin' but I'm somebody's angel child.
Daddy, mama wants some lovin'
daddy, mama wants some huggin'.
Damn it pretty papa, mama wants some lovin' I vow
damn it pretty papa, mama wants some lovin' right now.

Nel buio, Bianca immaginò un paio di occhi verdi sospesi sul mare. E si annotò di chiedere a Emanuele, quando fosse passato per il tè, se gli piacesse il jazz.

Il bicchiere era di nuovo vuoto.

XXV.

Quello che uscí dall'appartamento di Teresina fu uno strano, piccolo corteo.

In testa c'era la padrona di casa, che una volta alzatasi dal tavolo si rivelò a Maione come tutt'altro che un donnone imponente: collo taurino, spalle larghe e faccione rotondo erano sgonfiati da un paio di gambe tozze che reggevano un fondoschiena considerevole. Completava il quadro l'andatura ballonzolante, simile a una buffa danza ritmica.

Dietro procedevano Luisella, che ogni tanto dava una sventolata alla folta chioma bionda, e Bambinella, ancheggiante sui tacchi vertiginosi. Maione chiudeva la fila, augurandosi di passare inosservato in quella imbarazzante compagnia. Quanto a Tommasino, si era dileguato. Non senza aver prima dedicato una fragorosa pernacchia al brigadiere, ricevendone in risposta un calcio andato a vuoto.

Di fatto, nemmeno scesero in strada. Attraversarono un cortile lercio, popolato di una tribú felina che manifestò il proprio fastidio miagolando forte all'umano passaggio. Teresina si infilò in un portoncino che dava su una rampa di scale, in cima alla quale c'era una porta chiusa.

Il *femminiello* bussò secondo una sequenza particolare: tre colpi ravvicinati, uno distanziato, altri tre ravvicinati. Maione ebbe l'impressione di trovarsi in una pellicola di guardie e ladri, e pensò di essere dalla parte sbagliata.

Scattò un chiavistello, un altro ancora, poi una chiave girò nella toppa per quattro mandate. Il brigadiere serrò con le dita il calcio della pistola; la situazione gli piaceva sempre meno.

L'ingresso era immerso nell'oscurità. Bambinella prese per mano il poliziotto, il quale dapprima si svincolò brusco, dopodiché capí che non si trattava di un approccio sessuale e si lasciò condurre all'interno.

Il gruppo seguí un corridoio angusto e sbucò davanti a un uscio presidiato da due uomini. Questi videro il brigadiere e sparirono in un istante, quasi si fossero liquefatti.

Il corteo entrò in quella che era una stanza da letto. Subito li sovrastò un odore pungente, acre. Un candelabro sul comodino, con tre moccoli accesi, rischiarava appena l'ambiente. C'erano un comò, un armadio, un secondo comodino; e un letto a due piazze su cui giaceva una figura umana, stesa dalla parte opposta rispetto alle candele, in penombra. La coperta si alzava e si abbassava al ritmo del respiro, e un suono rasposo accompagnava il movimento. A fianco del letto erano seduti un tipo mingherlino dal soprabito scuro, che armeggiava dentro una borsa in pelle, e un giovane robusto con un berretto calcato in testa, che si torceva le dita fissando l'occupante del letto.

Appena vide Maione, il mingherlino corrugò la fronte e scoccò un'occhiata interrogativa a Teresina.

– Dotto', state tranquillo. Il brigadiere è un amico. Fate come se non ci fosse.

Maione fu lí lí per protestare: lui non era amico di nessuno. Poi decise di tacere. C'era qualcosa di doloroso in quel luogo, che gli fece correre un brivido lungo la schiena. Aguzzò la vista per abituarla alla semioscurità: il giovane – che non sembrava rendersi conto di quanto si muoveva intorno – gli era familiare, ma non riuscí a inquadrarlo.

Bambinella si avvicinò al candelabro e lo portò dall'altro lato. Luisella fece per fermarla, ma lei non le diede retta.

– No, Luise': il brigadiere deve vedere con gli occhi suoi. Se no è inutile che l'abbiamo fatto venire.

Quando la luce illuminò il volto, Maione, inorridito, si portò una mano alla bocca.

Non capiva se aveva davanti un uomo o una donna, anche se i radi capelli sparpagliati sul cuscino qualcosa lasciavano presumere, cosí come la parrucca corvina sul comò, gli oggetti da toeletta, i trucchi, e i vistosi abiti femminili che si intravedevano nell'armadio aperto. Il viso era una maschera informe: ossa fratturate, sangue rappreso, ferite aperte ed ecchimosi. Niente era rimasto intero in quella maschera: naso, labbra, denti, zigomi.

Il medico aveva appena concluso una faticosa opera di ricucitura.

– È sedata. E la faccia è il meno. Sei costole rotte, è un miracolo che i polmoni non si siano bucati; il bacino è fratturato, e pure il braccio destro e la gamba sinistra. Non posso essere preciso sulla condizione degli organi interni, è probabile che abbia la milza spappolata. L'ho detto e lo ripeto: va portata in ospedale, e pure d'urgenza.

Teresina scosse il capo con forza.

– No, dotto', è meglio di no. Lina stessa, qua, non vorrebbe. Quello che è successo a lei potrebbe succedere a ognuna di noi se si venisse a sapere che il patto è stato rotto. Si aprirebbe la caccia, credete a me.

Pure Luisella volle dire la sua.

– Ce lo siamo promesse, dotto'. Ce lo siamo dette con chiarezza qualche mese fa, quando la situazione ha cominciato a precipitare. Saremmo state prudenti e non avremmo corso rischi. Ma se fosse capitato un fatto come questo, non sarebbe uscito dalla piazzetta e dal vicolo.

Bambinella concluse:

– E se portiamo Lina in ospedale, dove l'assistenza sarebbe comunque la stessa che può avere qui, tutti lo sapranno. E sarebbe la fine per noi. La fine.

Il dottore si arrese.

– Che vi devo dire… D'accordo, io non sono mai stato qui. E caro brigadiere, la vostra parola contro la mia, nel caso: ma se siete davvero un amico, allora spero che in quanto tale presterete la vostra opera, perché una cosa cosí, con questa ferocia, io non l'avevo mai vista. E ne ho viste, ve lo garantisco –. Chiuse la borsa e annunciò: – Ripasserò domani sera. Mi raccomando: non può essere lasciata sola, nemmeno per un minuto. Se avesse difficoltà a respirare, o se nelle urine dovesse esserci sangue: ospedale, di corsa, perché dev'essere operata. Altrimenti l'avrete uccisa voi. Mi sono spiegato?

Il ragazzo col berretto volle rassicurarlo.

– Dotto', io non mi muovo da qua, state tranquillo. Soltanto, vi prego: se potete tornare un momento pure domani mattina, staremmo tutti piú sereni. Delle spese mi faccio carico io, non vi preoccupate.

La voce fece calare il velo dagli occhi di Maione, che riconobbe nel giovane Mario Pianese, un caposquadra muratore fra i piú apprezzati in città. Era sposato e aveva una mezza dozzina di figli, ma le volte che l'aveva incontrato non gli aveva mai visto negli occhi che guardavano la moglie nemmeno un centesimo dell'amore e dell'angoscia che adesso mostrava verso quel povero cristo devastato.

– Se muore Lina, io mi ammazzo.

Il dottore fu colpito dalla disperazione di Pianese.

– Non dite sciocchezze, avete figli che dipendono da voi. Lina è una brava persona, le vogliamo tutti bene. Dobbiamo sperare, vediamo come andrà la nottata. Provo a venire domattina presto. Buona serata.

Maione si toccò la visiera in segno di saluto.

Luisella accompagnò fuori il medico, e nella stanza scese un silenzio attonito. Teresina si sporse sul letto, la mano grassoccia aggiustò lieve la piega del lenzuolo. A Maione fu chiaro che a quella persona ridotta in fin di vita non sarebbero mancate cure e assistenza, come nella piú coesa delle famiglie.

Tutto quell'amore; e tutto il furore, l'odio di quel pestaggio. Era cosí al di fuori del suo modo di pensare, di vivere. Il quartiere, la città, gli sembravano ora un luogo alieno. Si era sempre sentito un poliziotto, fin da bambino, e ne aveva viste tante: ma la furia distruttiva del genere umano non smetteva di sorprenderlo.

Si avvicinò a Bambinella, la prese per un braccio.

– Bambine', tu mi devi spiegare. Perché mi hai fatto venire? Questa cosa… È terribile, lo capisco. Ma vuoi che faccio indagini, che cerco di scoprire chi è stato? Lo posso fare, lo farò, perché lo sai che io non sono cosí. Lo sai, vero? A me queste cose fanno schifo, se tenessi fra le mani chi… chi ha fatto questo, gli insegnerei che persone siete. Che meritate rispetto, che…

Gli si spezzò la voce, e concluse con un cenno vago della mano la frase incompleta.

Bambinella fu commossa a propria volta.

– No, brigadie'. Non è per indagare che vi abbiamo chiamato.

Maione parve smarrito.

– No? E allora… perché?

Bambinella allungò la mano e gli asciugò una lacrima.

– Noi lo sappiamo chi è stato, brigadie'. Lo sappiamo bene, purtroppo.

XXVI.

Che strano Natale è questo. Che folle Natale, sospeso tra la voglia e la paura, tra il passato da tenere stretto fra i denti e un futuro di grandezza o di follia, di vittoria o di fame. Che Natale incredibile, che raccontano i giornali.

Che strano Natale, fra ricchezza e povertà.

Ferve il lavoro di addobbo per la parata natalizia; un lavoro compiuto in letizia, un lavoro che ha quasi sapore d'arte, ché il prospetto dei negozi viene decorato con bizzarri e variopinti motivi ornamentali a base di grossi formaggi stralucidi, di salami infiorati, di piramidi di frutta secca, di bastioni di botticelle ricolme di sottaceti, di archi di scatole di conserve.

Masuccio guarda il salame. Non riesce a distogliere gli occhi.

Gli pare di sentirne il sapore in bocca, perché una volta lo ha assaggiato, il salame. Gliene ha dato un pezzo il sacrestano della chiesa della Misericordia. E adesso lo fissa appeso, adornato di fiori, in mezzo a tutto il paradiso della roba da mangiare per la parata.

Ma Masuccio guarda quel salame e non altro, perché ci batte sopra la luce del lampione, e luccica un po', e la saliva aumenta, e lui ingoia e la saliva aumenta, e alla fine Masuccio neanche se ne accorge e ha il salame nelle mani, e potrebbe correre nei vicoli ché se ci arriva è salvo, perché lui conosce la rete dei vicoli e sa tutti i nascondigli, anche se ha sette anni.

Però ha piovuto, che peccato, e si scivola, e Masuccio non ha le scarpe ma solo le fasce per i geloni che sono sudice e bagnate, e cade che ancora è la via grande, e il salumiere è ancora padrone del salame, finché è sulla via grande.

Perciò lo raggiunge che cerca di rialzarsi, Masuccio, e lo riempie di botte e non lo lascia, perché se non stai attento ai ladri sei la schifezza dei salumieri, ed è inutile che esponi la merce per la parata.

Le botte sono forti, ma a Masuccio il dolore viene dal sapore del salame che sentiva già in bocca. Lo sente invece del sangue, due giorni dopo, quando muore sul pavimento di casa e la madre piange, ma neppure lo sa perché muore Masuccio, il giorno prima di Natale per un salame.

Che strano Natale, tra il freddo e il fuoco.

Da Capodimonte alle rive di Mergellina, da Antignano a Porta Capuana, le vie sono tutte un sonoro mercato brulicante in questi giorni, sino al pomeriggio del Natale, ed è allora che le strade si spopolano come per incanto, e le famiglie si raccolgono in casa, per la gioia dei vecchi e dei bambini. Ma in questi due o tre giorni di vigilia, quanta rincuorante animazione!

Concetta è sempre stata una morta di fame, perché era un'orfanella dell'Annunziata, di quelle messe nella ruota da chi una figlia non se la poteva permettere, e chissà quale povera disgraziata l'ha partorita in un androne di palazzo.

E ha fatto di tutto, Concetta, ha rubato e ha mentito e ha chiesto l'elemosina e ha fatto la puttana, però ha avuto un figlio e non l'ha messo nella ruota, ma lo ha deposto davanti alla porta di una signora che non aveva bambini, una che teneva perfino la carrozza.

Poi è rimasta vicino a quel palazzo, Concetta. E per vent'anni ha mendicato e rubato e fatto la fame, ma ogni tanto metteva sulla soglia della signora un dolce o un giocattolo per il bambino che vedeva crescere da lontano, e adesso è grande e bellissimo, ed esce con gli amici, studenti dell'università come lui.

Concetta gli stira le camicie perché ha trovato lavoro alla lavanderia lí accanto. E nessuno lo sa, ma lascia un bacio su ogni camicia, prima di riportarle dalla signora ricca che non ha avuto bambini ma ha il figlio suo.

Per stare là vicino, però, Concetta deve dormire sotto un portico, perché una casa non gliela dà nessuno, e fa freddo e deve accendere il fuoco per scaldarsi. E una notte, a due giorni dal Natale, da un gruppo di studenti un giovane allunga un tizzone verso un mucchio di stracci, per vedere come scappa il morto di fame che ci dorme dentro. Ma il morto di fame – che è una morta di fame – resta intrappolato nella coperta nella quale è avvolto, e quando si libera ha ustioni su tutto il corpo, e creperà due giorni dopo tra le braccia di una suora che preferirebbe stare a messa con le sorelle, invece di veder morire Concetta.

Che per fortuna non saprà, morendo, chi era lo studente che ha allungato il tizzone col piede.

Alla Sanità, ai Vergini, a Foria, verso i Tribunali, fra le arcate di San Gaetano e le torri di San Gregorio Armeno, e verso i mercati della Pignasecca, di Sant'Anna di Palazzo, della Torretta, le vie si somigliano tutte, ché la folla e le parate dei negozi sembrano dare un carattere, un'atmosfera unica alla città.

Che strano Natale, di ricordi e di pesce.

Pasquale è grande e forte, ha avuto un'educazione rigida, e rigido è stato con sé stesso.

Ha portato avanti il negozio di famiglia, un avviato commercio di tessuti, e l'ha fatto crescere. È un padrone severo, i dipendenti lo temono ma sanno che paga puntuale e bene, e non si scorda dei bambini di impiegati e commessi.

Però Pasquale dimentica la severità appena torna a casa, e trova la moglie e due creature, Modesto e Carolina, come sua madre e suo padre, pace all'anima loro.

E stasera è Natale, e Pasquale e la moglie hanno preparato una cena adornata di candele e pregiate tovaglie di pizzo che lui ha fatto venire dalle Fiandre, per tutti gli amici e i dipendenti e i migliori clienti, perché il negozio è importante, e nulla è davvero importante se non lo è a Natale.

Si occupa lui stesso di comprare soprattutto il pesce perché è il simbolo del Natale, e che Natale sarebbe senza il pesce?

Porta a casa spigole e cefali d'argento, e alici che sembrano lame d'acciaio, lucide e sottili come coltelli. E aragoste rosso fuoco che paiono intagliate nel corallo. E murene di marmo picchiettato, e polipi e calamari e triglie e scorfani, simili a mostri d'Oriente, e i bambini li osservano a bocca spalancata, e Pasquale ricorda sé stesso bambino, che sognava le profondità del mare dove quel pesce nuotava libero e leggero, prima di finire nel suo piatto. E le anguille a fasci, che scivolano l'una sull'altra, e le scaglie che brillano come diamanti, e le tinozze di vongole e lupini in cui affondare le mani.

Pasquale sorride, nella festa del Natale e nell'odore e nel sapore del pesce che servirà agli ospiti, perché non c'è maggior ricercatezza del servire alla propria tavola, e tutti diranno della sua capacità e del suo sorriso.

L'infermiere si affaccia al finestrino della porta in ferro, e si chiede per l'ennesima volta cos'ha da sorridere e inchinarsi quel vecchio pazzo di Pasquale, che sono vent'anni che è chiuso lí dentro e non ha mai ricevuto lo straccio di una visita.

Poi annusa e scrolla il capo, perché – per incredibile che sia – da quella cella viene puzza di pesce. Che strani scherzi fa, essere in servizio due giorni prima del Natale.

Che strano Natale, fra il vero e il falso.

Ma questa attesa, questi giorni di vigilia alla Vigilia sono i piú belli, i piú tipicamente appariscenti, i piú lieti. I negozi sono affollati, il piccolo commercio vive le sue ore piú intense, gli animi sono piú espansivi. Colore. Meglio: sentimento del Natale, festa della cristianità e della famiglia.

XXVII.

Dopo tanti anni erano come una vecchia coppia di coniugi. O almeno, era cosí che Ricciardi immaginava diventassero un marito e una moglie, col tempo.

A lui e Maione, per capirsi, ormai bastava un cenno, un'espressione. Se l'uno non voleva parlare, l'altro non insisteva: inutile fare domande. I pensieri sarebbero venuti fuori da soli, una volta maturi.

Quella mattina di vento e di freddo, alternati a scrosci di pioggia gelida, Maione aveva qualcosa per la testa. Qualcosa di brutto: lo dicevano le labbra serrate, la fronte corrucciata e una mano che si apriva e si chiudeva a pugno.

Il commissario sperò che non ci fosse nulla di grave e si mise a discutere di lavoro.

Era chiaro che nell'esistenza della vittima c'era stata un'altra persona, come dimostravano la gravidanza e la rinnovata vitalità. Perciò Ricciardi decise che era il caso di tornare sul luogo del delitto.

– La madre, che era sveglia, ci ha detto che forse Erminia era appena rientrata. Ma il soprabito, la borsa sulla cassapanca, com'era vestita, le scarpe, il trucco, confermano che con ogni probabilità stava uscendo di nuovo, e l'avvocato, come sappiamo, era impegnato altrove e sarebbe rimasto occupato per l'intera serata. Giusto?

Maione fece un evidente sforzo per concentrarsi su quanto diceva Ricciardi.

– Sí, commissa', abbiamo verificato sia al teatro sia, con molta discrezione, presso l'abitazione di De Nardo: tutto corrisponde a quello che ci ha detto, anche il fatto che dopo la notizia del delitto si è tappato dentro a bere.

– E quindi di sicuro non si sono visti, quella sera. Erminia stava uscendo per incontrare qualcun altro, i negozi erano ormai chiusi ed era quasi ora di cena. Dobbiamo parlare di nuovo con le persone che le stavano vicino. Cerchiamo di essere piú circostanziati nelle domande, se vogliamo le risposte che ci servono.

– Bisogna che interroghiamo la nipote della portinaia. Magari ha sentito qualcosa.

Tornarono nell'appartamento delle Cascetta, incrociando la signora Maria davanti al portone aperto. La strada era congestionata per il traffico, che unito al fermento intorno ad ambulanti e botteghe produceva un frastuono insopportabile.

La donna li accolse circospetta, appoggiata alla scopa con la quale ramazzava l'androne.

– Abbiamo novità? Scoperto qualcosa?

Maione sbuffò.

– Signo', e se tenevamo novità ve lo venivamo a dire a voi? Piuttosto, mi spiegate come fate a vivere con questo rumore? Ci sta da diventare sordi!

– Nemmeno ci faccio piú caso, brigadie', questa è una via di passaggio. E credetemi, non è cosí perché è Natale. Io dalla mattina alla sera passo il tempo a cacciare tutti quelli che provano a mettersi qua a vendere la merce loro, riparandosi dal freddo; lo sanno che la clientela si ferma piú volentieri, se non sono esposti alle intemperie. E se cominciano a urlare pure loro, non si campa piú.

Un'automobile frenò brusca per evitare un carretto. Autista e ambulante si scambiarono un intenso e colorito dialogo poco consono al clima natalizio. L'incontro si sciolse subito prima di degenerare, perché la coda che si era formata prese a ululare il proprio bisogno di riguadagnare movimento.

Maria sospirò.

– Per fortuna ci sta il cortile... Questo palazzo ha una particolarità, brigadie': la parte che affaccia sulla strada sta all'inferno, quella che affaccia dentro è nella pace degli angeli. Sempre se la signora Basile non annaffia le piante quando la signora Tescone stende i panni: in quel caso, meglio stare in mezzo ai clacson delle macchine.

– Ma non potrebbe essere che qualcuno ha approfittato della confusione per introdursi nell'appartamento delle Cascetta? E che sia riuscito ad allontanarsi senza essere visto né sentito?

– Brigadie', che vi devo dire? Tutto è possibile, certo. Però io non credo.

– Perché non credete?

– Allora: se il portone è aperto, io sono qua. Le famiglie che vivono nel palazzo sono poche, conosco bene le loro abitudini: tra le sei e le sette di sera non è orario di passaggio. E quando poi chiudo il portone e vado dalla signora Angelina oppure a casa, allora può entrare solo chi tiene le chiavi. Mi pare difficile che uno sconosciuto possa essere entrato e uscito, cioè passato due volte, senza che io o chiunque altro ce ne siamo accorti. Infatti, quando la signora Angelina si è messa a strillare, il colonnello ha subito sentito da dentro casa sua.

Era la stessa cosa che la donna aveva detto in occasione del primo sopralluogo, e ora che i due poliziotti stavano lí la ricostruzione sembrava plausibile.

Ricciardi intervenne.

– Stiamo approfondendo la vita della signorina Cascetta; non credo sia piú il momento di usare riservatezza per le vicende private di una donna che è stata uccisa in modo barbaro. Abbiamo ragione di credere che la povera Erminia avesse piú di una frequentazione. Sono certo che voi e vostra nipote possiate aiutarci a scoprirle. Ve lo chiedo con cortesia, sperando di non dover ottenere le informazioni in maniere meno piacevoli. Volete dirci quello che sapete?

Maria Colicchio bilanciò il peso da un piede all'altro, a disagio.

– Commissa', non è che una non vuole dire le cose, è che non vuole dire fesserie. Un fatto è quello che si vede coi propri occhi, un altro sono i sentito dire, le notizie che puoi immaginare dai comportamenti. I pettegolezzi, insomma. Come si fa a essere sicuri?

Maione reagí, duro.

– E facciamo come se noi fossimo salumieri o fruttivendoli, signo'. Fateli pure con noi, questi pettegolezzi.

La donna parve imbarazzata. Tentennò.

– Dell'avvocato siete già informati, no? Ho saputo che siete andati allo studio. È capitato che veniva in visita alla signora Angelina, una volta mi sono trovata io, parlavano della buonanima del dottore, ma da anni non si faceva piú vedere, secondo me si vergognava. Veniva l'autista a prendere la signorina Erminia, ma tutti erano al corrente della loro storia anche se evitavano di farsi vedere insieme. Capirete, un vecchio con una ragazza giovane, e poi lui sposato, coi figli grandi...

Ricciardi sorvolò.

– Diteci fatti che non sappiamo, signora.

– Che volete dire, commissa'? La signorina non si confidava con me sugli incontri che faceva o sulla gente che frequentava, e...

Maione colse l'allusione.

– Non dalle sue confidenze, ma qualcosa sicuro sapete, signo'. Se no non vi potevate proprio immaginare di altri incontri, vi pare?

La portinaia assunse un'aria guardinga.

– Vi posso dire che sempre piú spesso ci chiedeva, a me e a Titina, di stare sopra dalla signora anche in orari diversi dal solito. E siccome pagava bene, io rispondevo di sí. Non vi so dire dove andava, ma a volte tornava con l'autista e dopo poco usciva di nuovo, da sola. Devo immaginare che andava da qualche altra parte. Giusto?

Ricciardi rifletté.

– Vostra nipote è con la signora Cascetta, adesso?

La donna annuí.

Il commissario concluse.

– Fateci il favore di andarla a chiamare. Sostituitela voi, è questione di qualche minuto. Poi saliremo dalla signora Angelina.

XXVIII.

Titina, la nipote della portinaia, era una di quelle persone che possiedono il dono o la condanna di scomparire.

Magra, di statura appena sotto la media, dimessa, anonima: se era presente non si vedeva; e quando non c'era, nessuno si ricordava di lei. Ricciardi ebbe la spiazzante impressione di vederla adesso per la prima volta, eppure l'aveva già incontrata in casa Cascetta.

La giovane scese in prossimità della guardiola dove la zia si riparava dal vento, piú di cinque minuti dopo che Maria era andata a sostituirla. L'intervallo convinse il commissario che la portinaia avesse istruito la nipote su cosa dire e non dire, perciò Ricciardi ritenne di dover essere chiaro.

– Signorina, noi siamo poliziotti. Abbiamo delle domande per le quali esigiamo risposte precise e dirette. Altrimenti vi riterremo colpevole di reticenza, e potremo arrestarvi e portarvi con noi in questura. Avete capito?

La ragazza se ne stava in piedi, mani in grembo e testa bassa. Appariva già spaventata per il solo fatto di trovarsi lí. Annuí.

Ricciardi riprese.

– Avete notato qualche dettaglio particolare nell'ultimo periodo della vita di Erminia Cascetta? Negli ultimi tre o quattro mesi, almeno.

Il silenzio prolungato della giovane fece dubitare a Ricciardi e a Maione che avesse inteso. Poi lei sussurrò:

– Che volete dire, commissario?

– Se avete fatto caso a cambiamenti. A novità di qualsiasi tipo. Se Erminia si è confidata con voi, o se l'avete vista fare qualcosa di inconsueto, di diverso.

La ragazza tacque. Poi finalmente sollevò il viso e fissò Ricciardi.

Dai grandi occhi neri ed espressivi, il commissario intuí che tenere lo sguardo basso garantiva alla giovane di passare inosservata e dunque protezione. Comprese subito di essere davanti a una ragazza intelligente.

– Non ho piú i genitori, commissa'. Vivo con mia zia, ma mi devo mantenere. Non posso perdere il lavoro, e la signora Angelina è il mio lavoro.

– Vi capisco benissimo, signorina. E vi assicuro che quello che ci direte resterà fra di noi. Nessuno, nemmeno vostra zia, saprà mai il contenuto di questa conversazione.

Lei decise di fidarsi.

– La signorina Erminia era una brava persona. Era bella, le piacevano le belle cose. Ma voleva vivere, voleva… voleva qualcosa di suo. Mi capite?

Ricciardi udí risuonare le parole del cadavere, ritto in piedi nell'angolo della stanza: *egoista, egoista, lasciami vivere.* Voleva vivere, aveva detto Titina.

– Che significa? Non le piaceva la sua esistenza? E ne parlava con voi?

– Qualche volta, commissa'. Mi tratteneva quando tornava, mi dava da mangiare, mi faceva vedere i vestiti e i gioielli. Aveva sempre una specie di malinconia, spesso era triste. Bella e ricca com'era, era triste.

Il brigadiere chiese:

– E gliel'avete mai domandato, perché era triste?

– No, brigadie'. Non mi sono spiegata: era questo, il cambiamento. Adesso non era piú triste. Rideva, scherzava. Pure la madre le chiedeva perché stava cosí, perché quell'allegria. Sembrava che le dava fastidio, alla signora Angelina, che la figlia stava bene.

– E a Erminia quando è passata questa tristezza?

La giovane si concentrò per inquadrare i tempi.

– Sei mesi fa, piú o meno allora. Prima, appena tornava a casa e magari la signora si era addormentata, mi chiamava di là e si faceva fare un caffè nella cucina, dove si può parlare perché non arriva il rumore di fuori. Voleva sapere di me, di quello che facevo. Ma teneva gli occhi pieni di malinconia, neanche mi ascoltava mentre raccontavo. Poi… Poi successe che, quando arrivarono le giornate belle, mi disse di restare a dormire con la madre perché si era organizzata per starsene due giorni a Sorrento con la sua amica, la sarta. La signora Angelina fece un sacco di storie, ma dove andate, che fate, pare brutto che due donne non sposate vanno da sole al mare… Lei certe volte sembrava quasi… non so, come…

Ricciardi suggerí:

– Gelosa?

– Sí, che la voleva tutta per sé, anche se quando usciva con… quando veniva la macchina con l'autista insomma, era contenta. Le diceva: fai presto, muoviti, scendi, non lo fare aspettare all'autista.

– E che successe, dopo che Erminia e la sarta rientrarono dal mare?

– La signorina tornò diversa, commissario. Rideva, cantava. Sembrava felice. Due giorni, ed era cambiata. Tutta un'altra persona.

Maione indagò.

– E spiegò che cosa era accaduto?

– La signora Angelina stava diventando pazza, ma che avete fatto, hai incontrato qualcuno, cose cosí. Lei però rispondeva: ma quando mai, non ho incontrato nessuno, sono solo stata bene al mare. Una volta disse alla signora: mi sembra che non mi vuoi vedere felice. Una madre, disse, dovrebbe essere felice se la figlia è felice.

Ricciardi era perplesso.

– E perché la madre…

– Non lo so, commissa'. Diceva: tu sei un'incosciente. Non ti rendi conto. Sei pazza, butti la fortuna. Cosí, diceva.

– Hanno litigato anche in altre occasioni, madre e figlia?

– Io ho sentito queste discussioni tre o quattro volte, poi si devono essere messe d'accordo, perché non mi è piú capitato di trovarmi davanti a un litigio. Però le cose erano cambiate.

– Davvero? In che modo?

– Si parlavano pochissimo. La signorina mi faceva rimanere e mi pagava, la madre nemmeno voleva sapere la figlia dove stava. Mi domandava soltanto della macchina con l'autista, se la veniva sempre a prendere oppure no. La signorina tornava a casa ma se ne stava per fatti suoi, non si metteva vicino alla madre. La signora, se aveva bisogno, chiamava e lei ci andava. Ma a stento si parlavano. Io dopo un poco me ne andavo, ma ecco, si comportavano cosí.

I poliziotti valutarono la rilevanza dell'informazione. Poi Ricciardi provò ad approfondire.

– E voi, signorina, avete mai visto Erminia con un uomo? È mai venuto qualcuno qui, a farle visita o a prenderla per uscire?

– No, commissa'. Qui non è mai venuto nessuno, se non la macchina grande con l'autista. Però… Però un giorno, mentre andavo al cimitero a portare i fiori a mia madre, ho visto la signorina seduta a un caffè a largo di Palazzo. Lei non ha visto me, però.

Maione chiese:

– E con chi era?

– Con l'amica sua, la sarta. E con due uomini, piú o meno della loro età. Mangiavano un gelato, al tavolino fuori, sulla pedana sotto la tenda. Era pomeriggio, con la signora Angelina stava mia zia.

Ricciardi volle saperne di piú.

– E vi ricordate qualcosa di questi uomini?

– Io tengo una buona memoria, commissa'. E mi fermai a guardare, perché ero curiosa. Però non l'ho raccontato a nessuno che avevo visto la signorina; perché se lo dicevo, o lei o la madre mi avrebbero cacciata. È questo il motivo per cui non ve lo volevo dire: se lo sapesse mia zia, mi chiederebbe perché non l'ho detto prima a lei, e allora...

Maione intervenne, brusco.

– Signori', abbiate pazienza, è importante: che vi ricordate di questi due uomini al tavolino con loro?

– Brigadie', erano in divisa. Le divise dei fascisti, quelle con le camicie nere.

XXIX.

Gli incontri si erano diradati, dopo l'arresto di Gaspare.

Era successo in aprile, e la conseguenza piú impressionante era stata il silenzio.

Gaspare era un operaio, esponente piuttosto in vista del sindacato; lavorava nel cementificio di San Giovanni, lo conoscevano tutti. Aveva una buona vita sociale, benché vedovo e senza figli.

Era un tipo grosso e dai modi spicci, le mani grandi sempre bianche di polvere, pochi capelli e una risata equina. Prendeva a cuore ogni vessazione, ogni sofferenza, ogni riduzione in schiavitú di qualsiasi lavoratore, quasi la subisse egli stesso. Era stato fra i primi ad arrivare nel loro piccolo gruppo, ma era anche uno dei piú convinti.

Ascoltava molto, Gaspare, e parlava poco perché sosteneva di essere ignorante, di aver dovuto lavorare da quando aveva dieci anni e dunque di non aver potuto studiare: eppure il Professore, loro riferimento culturale e ideologico, diceva che aveva un modo lucido e concreto di affrontare le questioni, al punto di individuare le soluzioni piú facilmente di chiunque.

Ebbene, Gaspare era sparito. Nel nulla. Una sera, durante una riunione, aveva riferito che un operaio di propria conoscenza aveva contatti con un marinaio, e che questo marinaio avrebbe potuto fare da messaggero con i compagni detenuti sulle isole pontine. Il giorno dopo, Gaspare non c'era piú.

Il Professore, che abitava poco distante da lui, si era insospettito nel veder passare una lenta macchina nera davanti al portone dell'amico, per poi fermarsi a qualche decina di metri. Dopodiché di Gaspare non si era saputo piú niente.

Non si poteva escludere che fosse partito. Che fosse andato a visitare un parente, o avesse deciso di cambiare aria perché quella che respiravano ora si era fatta pesante. Ma il Professore e il resto del gruppo tendevano a scartare l'ipotesi. Perché non dirlo, se fosse stato cosí? Perché non salutarli prima di andare via?

Era stato arrestato, era evidente. E secondo le orribili modalità di quel regime liberticida e brutale, dovevano averlo deportato. O peggio. E adesso i suoi occhi buoni magari scrutavano l'orizzonte da qualche isola sperduta; oppure dal fondo del mare, dove Gaspare era trattenuto da un blocco di quel cemento che aveva lavorato per tutta la vita.

Era stato allora che avevano concordato di vedersi solo se necessario. Comunicando con bigliettini in codice vergati dalla grafia grande e inclinata del Professore.

Per tre mesi Bruno Modo non aveva ricevuto notizie. La cosa non gli dispiaceva, convinto com'era che la sorveglianza di Severi fosse rivolta alla ricerca dei suoi legami con la cellula di dissidenza. Soltanto per questo quel traditore non l'aveva ancora fatto arrestare, non aveva dubbi: perché accontentarsi di prenderne uno solo, quando se ne possono beccare molti di piú?

Aveva perciò scritto un biglietto al Professore, nel quale riferiva di essere sicuro oggetto di attenzione da parte della polizia segreta. Poi si era isolato, conducendo una quotidianità scialba e inerte anche per cautelare i compagni.

Adesso, però, era arrivata la convocazione del Professore: doveva avere cosí bisogno di vederli da ritenere accettabile il rischio. E d'altra parte, quello che i giornali restituivano sul deterioramento della situazione, anche al di là della censura, era talmente evidente da rendere non piú differibile un incontro.

La tensione internazionale aveva raggiunto livelli esponenziali, visto il bellicismo dell'alleato tedesco; la povertà era intollerabile, bambini e anziani morivano di fame, le epidemie erano fuori controllo, i lavoratori sottoposti a soprusi.

L'insofferenza crescente del popolo andava indirizzata. Si poteva ancora fare qualcosa per evitare il disastro sociale e la guerra, ma bisognava agire subito. Si doveva tentare una rivoluzione, l'abbattimento del governo e il ripristino della democrazia. Di questo Bruno era persuaso, e l'atteggiamento attendista dei compagni, in primis del Professore, forse alla fine era venuto meno. L'incontro al quale era stato convocato di sicuro serviva a procedere in questa direzione.

L'indirizzo cifrato sul biglietto che gli aveva consegnato lo scugnizzo in ospedale si trovava a Miano, un quartiere periferico e popolare non lontano dalla reggia di Capodimonte. Ci si andava a piedi, dal capolinea del tram. Una discesa, poi una salita fino a una trattoria chiusa per ristrutturazione, che il proprietario metteva a disposizione del Professore in virtú di un'antica amicizia.

L'appuntamento era alle 23:30. L'ora tarda aveva sollevato Bruno: la prudenza era un'abitudine sana, erano finiti i tempi degli incontri nei caffè in pieno giorno, tanto piú che le leggi fasciste limitavano gli assembramenti e le riunioni negli spazi pubblici. A questo pensava Modo con malinconia mentre ascoltava il rumore dei propri passi nella via deserta, flagellata dal vento gelido di fine dicembre.

Come sarebbe stato bello poter sostenere le proprie idee alla luce del sole. Come sarebbe stato bello poter ridere di quelle pagliacciate, delle parate e dei bambini vestiti da soldati, dei proclami radiofonici e della gente comune che imitava quell'accento e quel modo di fare, i pugni sui fianchi e il mento volitivo puntato verso l'alto.

Ma era inutile pensarci adesso. Era il momento di combattere per portare il mondo fuori dalla follia. Altrimenti sarebbe scattata l'ora della morte e della disperazione. Lui era un medico, rifletté per l'ennesima volta. E i medici salvano la gente, anche da sé stessa.

Udí, in lontananza, delle voci allegre. Riconobbe quella stentorea del Professore, che raccontava qualcosa di indistinguibile; e le risate di Franco, di Luigi e degli altri, una decina di compagni di diverse estrazioni ma con le medesime idee, e la medesima voglia di libertà.

Quella, pensò, era la sua gente, perché piú del sangue contava la condivisione dei valori e delle idee. Per Modo, che non aveva moglie né figli ma sentiva come proprio figlio ogni bambino che gli arrivava davanti in ospedale, quegli uomini erano la cosa piú prossima a una famiglia.

Con una punta di malinconia pensò a Ricciardi, a Maione, ai quali voleva bene e che però avevano scelto l'ignavia, la maniera vigliacca di disinteressarsi a ciò che accadeva. No, non erano loro la sua gente. Magari avrebbero beneficiato della sua azione, tuttavia gli amici erano quelli di cui sentiva sempre piú vicine le voci e che tra meno di un minuto avrebbe abbracciato.

– Bruno.

Una voce, nel buio. Poco piú di un sussurro, da un anfratto tra due palazzi.

Si fermò di botto, il cuore gli martellava in gola. Sperò di essersi sbagliato, di aver confuso un rumore con l'invocazione del proprio nome. Poi dall'oscurità spuntò un braccio tozzo, e una mano gli afferrò la spalla con presa forte e ferma.

– Bruno, sono io.

Mezzo volto venne fuori, illuminato dalla flebile luce di un lampione.

Era Severi. Il dottor Cesare Severi, la spia, il fascista travestito da medico che lo sorvegliava da mesi, e che alla fine lo aveva colto in fallo.

Lo aveva portato lui, lí. Era un Giuda inconsapevole. La rovina della sua gente.

– Bruno, adesso devi venire con me. Ti prego. Non fare resistenza.

Modo si rese conto che quel traditore teneva in mano una rivoltella. Era tanto piú giovane di lui, che era vecchio e stanco, e aveva anche una pistola.

Si sentí morire. Sperò di morire in quel momento.

– Ti prego, prendi me. Prendi me e lascia stare gli altri. Dirai che sei riuscito nel tuo compito, che mi hai scoperto. Ti darò tutte le prove che ti servono, ma porta via solo me. Ti prego.

Severi lo trascinò con uno strattone nell'anfratto dove si era nascosto, giusto in tempo per sottrarlo all'investimento di una camionetta che, rombando, percorse il tratto di strada deserto.

Fece per urlare, ma la mano di Severi gli chiuse la bocca con una forza che gli sembrò impossibile da combattere. Ascoltò con orrore una brusca frenata, le urla, la breve colluttazione. Ascoltò le bestemmie, le suppliche, gli ordini impartiti da voci brutali e sconosciute.

Poi udí ripartire la camionetta. E il silenzio che venne dopo.

Si accorse che stava piangendo, e che le lacrime gli bagnavano la faccia. Pensò che avrebbe voluto essere con loro, che avrebbe dovuto essere con loro.

La mano di Severi gli lasciò la bocca. Modo barcollò fuori della nicchia tra i due palazzi, e riguadagnò la strada risucchiando l'aria.

Il collega lo seguí alla luce e si guardò attorno, circospetto. Nessuna finestra si era aperta. Nessuno si era affacciato.

Bruno non capiva.

– Perché? Perché questa… questa cosa? Chi sei tu?

Severi per un attimo tornò quello di sempre: sguardo mansueto e smarrito, spalle curve, espressione incerta. Poi si raddrizzò, e Modo vide un uomo diverso.

– Ah, ma lo sai chi sono. Io sono Cesare Severi, un medico che viene da un paese della Romagna. Solo che non tutti i romagnoli sono fascisti, compagno. Hai sbagliato in questo. Eppure uno scienziato non dovrebbe mai generalizzare. Dài, andiamo via di qui. Quei maiali potrebbero tornare per vedere se hanno dimenticato qualcosa.

XXX.

Il quadro degli ultimi giorni di Erminia Cascetta cambiava di continuo.

E ogni volta che Ricciardi e Maione assumevano nuovi elementi, l'indagine mutava prospettiva. Soltanto che tutto riportava al fatto che in quella stanza, a quell'ora, era entrato qualcuno che non doveva o non poteva essere lí; a meno che non fosse giunto col favore di qualcun altro, la stessa vittima o chi possedeva le chiavi dell'appartamento.

Come Maria, la portinaia. O Titina, sua nipote.

E c'era una persona presente, al momento dell'omicidio; a conoscenza, forse, dell'evoluzione dei rapporti affettivi di Erminia. Una persona che però non era in grado di intervenire, e forse nemmeno di ascoltare quanto accadeva in casa propria. Cosa sapeva in realtà della figlia, la signora Angelina?

Tornarono nell'appartamento e dissero alla portinaia di lasciarli soli con l'invalida. La donna attese un'occhiata di conferma dell'anziana, prima di dileguarsi. Ricciardi si domandò come sarebbe proseguita adesso per Angelina Cascetta: avrebbe potuto permettersi un'assistenza costante, in mancanza della figlia e delle sue entrate? Anche quello, rifletté, era un dettaglio da valutare.

– Prego, commissario. Disponete pure di casa mia, tanto è diventata un porto di mare.

– Signora, noi stiamo indagando su un omicidio. Nello specifico, quello di vostra figlia. E intendiamo andare fino in fondo, per cui chiediamo informazioni a chiunque possa darcene. Voi inclusa.

Angelina colse la sfida. Stava seduta come sempre al centro del letto, con tre guanciali a sostenerne la schiena. Pulita e ordinata, pallida ma fiera, si era liberata dell'aria folle e scarmigliata con cui aveva accolto i poliziotti la prima volta che si erano incontrati.

– Voi, commissario, ignorate cosa significhi trovarsi nella mia condizione. Ecco perché parlate in questo modo. E ho l'impressione che mi consideriate una madre degenere: forse dovrei disperarmi, e piangere, e urlare, avendo perso l'unica figlia e quindi essendo ormai sola al mondo. Ma non è cosí, sapete? Non è cosí.

Anche Maione, fin dall'inizio, era rimasto contrariato dall'atteggiamento freddo della donna.

– No, signo'? E com'è, allora?

Lo disse in tono duro, e Ricciardi lo fissò con una punta di disapprovazione. Ma la vecchia non sembrò rilevare il giudizio insito nella domanda.

– Mia figlia viveva la propria vita, io questa parvenza di esistenza che mi resta. Sapeva come la pensavo, e aveva smesso da tempo di badare alla mia opinione. In pratica, non mi diceva nulla di ciò che faceva.

– Ma voi eravate o no al corrente delle frequentazioni della signorina? Usciva spesso, riceveva amici?

– Sgombriamo il campo da equivoci, commissario. Io sapevo della relazione di mia figlia con l'avvocato De Nardo. Un amico di mio marito, una persona di famiglia che avrebbe potuto venir padre a Erminia. E come potete immaginare, la mia reazione al loro rapporto è stata tutt'altro che positiva. Ma Erminia lo aveva voluto fin dall'inizio. Una circostanza disgustosa, per molti versi, ma ormai consolidata.

– Quindi avevate accettato la loro storia?

Sul viso di lei si disegnò una smorfia.

– Avrei potuto reagire altrimenti? Secondo voi Erminia aspettava il mio permesso per fare o no qualcosa? Io per lei ero un male necessario. Una specie di suppellettile che non poteva buttar via. Ma sono sicura che, se avesse potuto, lo avrebbe fatto.

– Perché dite cosí? Avevate avuto discussioni, litigi?

Angelina rise, con un suono graffiante come di carta vetrata.

– Per discutere, per litigare, bisogna parlare. E lei con me non parlava. Entrava qui se non c'erano Maria o Titina, e soltanto per darmi il vaso per i bisogni, un asciugamano o un altro cuscino. Senza neanche guardarmi in faccia.

Niente. Non veniva fuori niente, da quel fronte. Ricciardi decise di essere piú incisivo.

– Dunque voi, signora, non sapete che la signorina aveva un'altra frequentazione? Che oltre all'avvocato incontrava un altro amante?

– No, commissario, non lo so. Ma non ne sono sorpresa. Se una donna si lega a un uomo vecchio, sposato, con una certa rilevanza sociale e che non può concederle altro che i ritagli di tempo, prima o poi è naturale che desideri altro. Ma sono scelte. Ogni volta che si fa una scelta, si rinuncia a qualcosa. E bisogna tenere fede alle scelte che si fanno, non credete?

– E secondo voi, la scelta di vostra figlia Erminia di legarsi a una persona tanto piú vecchia era stata quella giusta?

La donna lo scrutò. La pelle tirata e bianca dava l'idea di un teschio, alla luce fredda della lampada.

– È stata pur sempre una scelta, commissario. A mia figlia piaceva il lusso, e De Nardo le consentiva tutto il lusso che voleva. Non so dirvi se altri bisogni, piú recenti, possano avere avuto in lei il sopravvento.

La durezza del tono, piú che il contenuto della frase, procurò un brivido a Ricciardi. Pensò a Marta, e avvertí un moto di rabbia.

– E voi, signora?

Angelina sembrò disorientata.

– Che volete dire, commissario?

– Voi traevate vantaggio dal benessere di vostra figlia. Questa casa, assistenza piena, medicinali, cibo. Di certo, piú di quanto potreste permettervi con la sola pensione. Per questo alla fine quella scelta ve la siete fatta piacere, è cosí?

La donna tacque un istante. Le mani fremettero sopra la coperta.

– Vedete l'armadio dietro di voi, commissario? Dentro ci sono gli indumenti che ho usato l'ultima volta che sono uscita da questa casa, quasi cinque anni fa. E anche allora mi muovevo con difficoltà, per la mia malattia. Certo, ho bisogno di assistenza, di aiuto. Non ho distrazioni, se non qualche libro e i litigi di due volgari vicine per questioni di piante e lenzuola stese. Davvero credete che mi importi del lusso e delle belle cose? La mia vita è finita da tempo, non certo da ora.

Ricciardi non era disposto a spostare l'attenzione sul pietismo dell'anziana. E soprattutto non credeva affatto al poco interesse di Angelina Cascetta verso le entrate della figlia.

– Diamo per buono che voi davvero ignoriate quali fossero le nuove frequentazioni di vostra figlia: avete per caso idea di chi possa esserne al corrente? Perché non ho dubbi che voi abbiate intuito che qualcosa di diverso c'era, se non altro perché Erminia aveva preso a uscire piú spesso. Siete troppo intelligente per non aver compreso.

La donna non abboccò al finto complimento di Ricciardi.

– Due donne sole, come eravamo noi dalla morte di mio marito, socialmente retrocedono, commissario. È inevitabile. E le amicizie cambiano di conseguenza. Mia figlia per esempio era diventata amica della sarta, una fornitrice, poco piú di una serva. Immagino sia il segno dei tempi. Se c'è qualcuno che vi può essere d'aiuto, è lei.

Ricciardi e Maione si guardarono. L'indicazione combaciava con quello che aveva visto Titina a largo di Palazzo.

Angelina spezzò il silenzio.

– Adesso, se permettete, vorrei riposare. Certi discorsi stancano, sapete? Stancano molto.

XXXI.

Decisero di andare la mattina dopo a parlare con Manuela Pozzi, la modista che era stata amica di Erminia. Era tardi, e non volevano rischiare di metterla sull'avviso se qualcuno li avesse visti raggiungere il negozio e glielo avesse riferito.

Maione peraltro aveva un posto dove recarsi. Per l'intera giornata aveva portato addosso il senso di impotenza e di angoscia che lo affliggeva da quando aveva visto il *femminiello* ridotto in fin di vita. La notte insonne che aveva trascorso aveva lasciato i segni, e anche molte domande in sospeso.

Percorse perciò in fretta la strada verso casa, ma deviò dal cammino nel punto esatto in cui aveva incontrato lo scugnizzo che gli aveva rubato il borsellino. Seguí il lungo vicolo, e quando fu sicuro che nessuno lo vedesse, si introdusse nel portone dov'era già stato.

Due uomini che fumavano e chiacchieravano all'ingresso gli rivolsero un'occhiata ostile, ma non lo fermarono. Andò dritto nell'appartamento di Lina, con ansia crescente. La porta era socchiusa, ma non c'era la piccola folla in lacrime che aveva temuto.

Entrò, e incrociò il medico che usciva.

– Buonasera, dotto'. Abbiamo novità?

L'altro si intenerí.

– Pure voi avete preso a cuore la situazione, eh, brigadie'?

– Non è questo, dotto'. È che a me certe cose... Non è accettabile, insomma. Mi fanno schifo, e basta.

– Non è accettabile, avete ragione. E loro, questa gente... Sono brave persone, lo sapete meglio di me. Sono divertenti e colorate, a volte volgari e di sicuro eccessive, ma non fanno male a nessuno. Io sono anni che le curo, senza mai avere avuto alcun interesse nei loro confronti, credetemi. Lina, in particolare, fa un sacco di bene. Sa leggere e scrivere, e insegna ai bambini che non possono andare a scuola, sapeste quanti sono, qua attorno. Io davvero non mi spiego quello che può essere successo.

– Ditemi, dotto', come sta?

– È fuori pericolo, un miracolo. Va tenuta sedata perché i dolori devono essere terribili, ma non morirà. E con tutta la gente che tiene attorno giorno e notte, se dovesse peggiorare mi verrebbero a chiamare subito.

Si sfiorò il cappello e se ne andò.

Maione si affacciò all'interno e vide la stessa situazione della sera precedente, con Teresina, Luisella, il muratore Pianese e almeno altre tre persone che non conosceva. E Bambinella, che appena lo vide gli andò incontro.

– Brigadie', lo sapevo che a fine turno venivate a vedere come stava Lina. Lo avevo detto pure alle altre.

Maione si schermí.

– Sí, è naturale che volevo sapere, poverina. Ma c'è altro, Bambine'. Volevo vedere proprio te.

Il *femminiello* si portò le lunghe dita dalle unghie smaltate davanti alla bocca.

– Uh, Gesú, brigadie', e finalmente me lo dite! Dopo tanti anni di corteggiamento, avete deciso che dobbiamo venire allo scoperto!

– Bambine', non mi fare pentire di essere venuto. Hai questo dono di farmi passare la voglia di parlare con te appena ti vedo. Dài, usciamo un momento.

Lanciò un'occhiata a Lina, che in effetti pareva respirare meglio e senza rantolare: ne fu contento, piú di quanto avrebbe immaginato.

Giunsero nel cortile e si piazzarono in un angolo riparato dal vento. Bambinella si dispose in attesa, facendo con la mano un cenno a Maione. Che cominciò.

– Bambine', tu non mi hai fatto dormire stanotte. E non per questa poveretta, o poveretto, non so mai come riferirmi a voi. Cioè, a me dispiace; e mi fa impressione che qualcuno, in questa città, possa compiere un orrore del genere. Ma tu mi devi spiegare certe cose.

Bambinella aspettava, in silenzio. I grandi occhi scuri, truccati con cura, fissavano Maione senza perdersi un frammento delle sue parole.

– Io non capisco per quale motivo mi hai mandato a chiamare. Mi hai detto che non volete procedere con una denuncia, né avete voluto ricoverare Lina in ospedale: non condivido, secondo me è sempre meglio rivolgersi alla giustizia e fare in modo che chi fa una schifezza come questa possa avere la punizione che merita; ma rispetto la vostra volontà, perché, a ben riflettere, se qualcuno scopre quello che è successo potrebbe avere voglia di imitare, e non si finisce piú. Però mi sono chiesto, avendo sempre davanti agli occhi questa povera creatura ridotta cosí: perché hai voluto che vedessi, se non posso fare niente? Io sono un poliziotto, Bambine'. E un poliziotto che non può fare il poliziotto, a che serve?

Sul viso attento del *femminiello* era comparso un alone come di allegria, in contrasto con l'aria malinconica dovuta alla contingenza.

– E poi, Bambine', mi sono ricordato che voi sapete chi è stato. Me lo hai detto proprio tu, quasi con distrazione. Ma conoscendoti, e conoscendo come siete fatti tu e i compagni tuoi, non ho dubbi che sia la verità.

Bambinella fece un cenno di assenso. E Maione continuò nel suo ragionamento.

– Noi ci conosciamo da molti anni. Anche se non ci possono essere due persone piú lontane e diverse, ne abbiamo passate talmente tante che ci capiamo subito. E ci fidiamo perfino l'una dell'altro, anche se tu sei assai poco raccomandabile, per la verità.

Bambinella piegò la testa di lato, con uno sguardo di infinita dolcezza. Maione fece una smorfia di disgusto.

– Perciò mi sono detto che ci può essere una sola ragione per avermi fatto venire fin qua: tu vuoi che io faccia qualcosa. Ma non come poliziotto. Come qualcos'altro. E io che sono, oltre a essere un poliziotto?

Bambinella, che non aveva detto una parola, rivolse lo sguardo a terra. Maione rimase zitto a propria volta, poi riprese.

– Mi sono domandato se mi convenisse fare finta di niente. Poi ho capito che tu per questo sei stata cosí vaga, proprio per darmi la possibilità di fare finta di niente. Perché cosí potevo fingere di non aver inteso, e avrei vissuto tranquillo. Lo hai fatto per questo, Bambine'?

Il *femminiello* non aprí bocca, continuava a guardare il suolo.

– Io però sono io, Bambine'. Sono io, mi vedi? Lo sai che, per quanto mi possa fare male, non potrei mai ignorare quello che ho visto. Altrimenti non sputerei soltanto sopra a questa divisa, ma pure sul ricordo di mio figlio Luca.

Bambinella sollevò la testa. Le guance erano rigate di lacrime. E finalmente parlò.

– Quando l'ho saputo, brigadie', non ci ho creduto. Ho verificato di persona, e da piú lati. Ho voluto controllare io stessa, se no non vi avrei mai fatto chiamare. E forse non lo avrei fatto comunque, se non ci fosse stato un altro problema.

Maione disse, in un soffio:

– Quale problema?

Bambinella fece un cenno col mento in direzione del portoncino, dove i due uomini conversavano lanciando ogni tanto un'occhiata verso di loro.

– Noi abbiamo un sacco di gente che ci vuole bene. E anche gente che, diciamo cosí, ci tratta come parte della comunità. E non sono abituati a far succedere cose come questa senza fare niente. Mi capite, brigadie'?

Maione annuí, grave. Bambinella continuò:

– E quindi io non vi ho avvisato per avere giustizia, brigadie'. E nemmeno per darvi un dolore, lo sapete che non l'avrei fatto mai. Io vi ho avvisato per evitare un guaio piú grosso di quello che è già successo.

Maione avrebbe voluto parlare, ma non trovò la forza. Allora Bambinella disse:

– Il guaio piú grosso di tutti, brigadie'. Perché ve l'ho detto, io lo so chi è stato.

E glielo disse.

XXXII.

Il vento forte aveva strani effetti sulla vista che si ammirava dal salotto della contessa di Roccaspina.

Sulla luna, per esempio. Le nuvole in corsa la coprivano e la scoprivano, producendo sulla luce un'intermittenza misteriosa.

Sul mare, appiattendolo e increspandolo.

Sul castello, coprendolo di spuma, o rendendolo un'ombra scura e incombente.

Dentro, l'atmosfera era diversa. Alla musica, dolce e malinconica, facevano da contrappunto le risate squillanti della padrona di casa.

Il tè era finito da un pezzo, e le due persone sedute al tavolo di fronte al panorama avevano declinato la silenziosa offerta del maggiordomo Achille di portarne dell'altro; le chiacchiere scorrevano tranquille anche senza l'incentivo delle tartine, e la sera era seguita a un tramonto incantevole.

In genere quei loro pomeriggi si concludevano in meno di un'ora, e il flusso delle parole si manteneva superficiale e generico. Emanuele Carotenuto di Calabritto era però un conversatore brillante, e quella volta l'evoluzione era stata diversa: sul filo dei sottintesi e dell'ironia, presto l'ostacolo delle convenzioni era stato superato. E tutto aveva preso una piega assai piú personale.

Bianca chiese di accendere le luci, ma Emanuele manifestò subito il proprio dissenso.

– È davvero necessario, mia signora? Non credi che le ombre siano piú confortevoli? E poi l'illuminazione stradale è già abbastanza invadente. Rimaniamo cosí, vuoi? Possiamo illuderci che questa canzone non sia suonata dal grammofono, ma da un pianista che è qui con noi. E in questo modo, senza uscire di casa, potrò immaginare di averti portata fuori. Avendo avuto il coraggio di invitarti.

Lei lo fissò. L'abitudine alla penombra le permetteva di distinguerne i tratti anche nella semioscurità.

– E perché, Emanuele? Non hai affatto l'aria di uno a cui manchi il coraggio. E comunque, potrei sempre rifiutare.

– Che è l'esatto motivo per il quale non corro il rischio. Perché un rifiuto sarebbe sopportabile da chiunque, Bianca, ma non da te.

– Non lo saprai mai, se non ci provi. E in ogni caso non ci sarebbe niente di male, no? Siamo amici. E gli amici si frequentano, altrimenti che amici sono?

L'uomo guardò il mare schiaffeggiare gli scogli.

– Ora che mi hai consentito di vederti qui, a casa tua, durante questi nostri strani tè fuori del tempo, non riesco a figurarmi un posto migliore dove portarti. E nessun panorama piú bello.

Bianca seguí il suo sguardo.

– Devo ammettere che questa vista è davvero fantastica. Ricordo che quando la vidi per la prima volta…

Carotenuto riportò gli occhi su di lei.

– Non parlo di quel panorama. È bellissimo, certo, ma non parlo di quello. Io parlo di te.

La donna rise.

– Ah, ecco che viene fuori il gentiluomo galante! Ero quasi delusa. Se non arrivano complimenti, io…

– No, no. Ti prego. Non considerarmi un banale corteggiatore per noia o per forma. Io non sono cosí, e nemmeno tu sei una donna cosí.

– Cioè, vuoi dire che io non sono bella oppure che tu non ti annoi?

Achille cambiò il disco. Nell'aria risuonò una voce maschile.

You must remember this
a kiss is still a kiss
a sigh is just a sigh.
The fundamental things apply
as time goes by.

– No, Bianca. Parlavo della solitudine.

La contessa sbatté le palpebre. Quell'uomo aveva un modo di passare dal serio al faceto e di nuovo al serio che la confondeva. E non era una sensazione spiacevole.

– Che intendi, Emanuele?

Lui replicò, come fosse una spiegazione:

– Parlami di questa bambina, Marta. La tua pupilla.

– Ma se te ne parlo sempre. A volta ho l'impressione di avere un solo argomento, addirittura!

– No, no. Mi racconti di quanto è brava e intelligente. Di ciò che ti dice, di ciò che tu dici a lei. Ma non mi spieghi mai quello che significa per te.

– Che c'entra Marta con la solitudine? Non capisco.

Lui andò alla finestra.

– C'è qualcosa di strano, nel tuo rapporto con questa bambina. Scusami se sono schietto, ma a me sembra che sia un palliativo.

Bianca si indurí.

– Continuo a non capire. Marta è una creatura meravigliosa, tutt'altro che un palliativo.

Emanuele si girò.

– Scusami, ho sbagliato a parlarne. Non sono affari che mi riguardano.

La contessa, però, non era disposta a lasciar cadere. Per qualche oscuro motivo sentiva il cuore batterle forte in petto.

– No, no. Adesso, per favore, finisci il discorso, altrimenti non avresti dovuto iniziarlo. Te lo ripeto: che c'entra Marta con la solitudine? E perché sarebbe un palliativo?

Emanuele tornò a scrutare il mare.

– Sai, io sono stato sposato. Molti anni fa. Ero giovanissimo. Errori che si fanno.

– Davvero? Non sapevo. E comunque anch'io lo sono stata.

– E credi che non lo sappia? Il matrimonio della contessa di Roccaspina, e il successivo rapporto col duca Marangolo con l'eredità delle sue immense fortune, è l'argomento principale dell'alta società. Senza di te, in città si morirebbe di noia, sei piú praticata della canasta.

Suo malgrado, Bianca rise.

– Invece del tuo matrimonio nessuno mi ha parlato, mi congratulo per la riservatezza. Ma ancora non vedo cosa c'entri Marta con la solitudine.

– Avevo vent'anni e lei era una ballerina. Accadde a Parigi. Mio padre desiderava piú di tutto un erede che ne portasse il nome, e di certo il futuro Edoardo Carotenuto di Calabritto non avrebbe potuto essere il figlio di una ballerina, cioè di una prostituta. Mi disse chiaro e tondo che mi avrebbe diseredato, e io chiaro e tondo dissi a lui che me ne fregavo.

– E poi che successe?

– Due anni dopo venne da me, in Francia. Lui, il marchese Carotenuto di Calabritto in persona, nel quartino miserabile che occupavo con mia moglie. Dipingevo, pensa. Ero convinto di poter vivere della mia pittura. Assurdo, vero?

– E che ti disse, tuo padre?

– Che mia madre stava morendo. E che aveva espresso un desiderio: salutarmi. Mi pregava di tornare per qualche giorno. Un bacio a mia madre, poi sarei stato libero di riprendere la mia vita.

– Tua madre? Ma…

– Sí, è ancora viva e vegeta. Era una bugia. Mi chiusero in casa per tre mesi. Poi riuscii a fuggire e tornai a Parigi. E vuoi sapere che cosa trovai?

La voce dal grammofono proseguiva il canto.

It's still the same old story
a fight for love and glory
a case of do or die.
The world will always welcome lovers
as time goes by.

– Nessuno. Non trovai piú nessuno. Né mia moglie né i miei quadri, né la casa. Ci abitava altra gente. Una famiglia marocchina. Non so cosa avesse fatto mio padre, se l'aveva pagata per sparire, se si era inventato che avevo un'altra. Lo ignoro.

– E tu, a quel punto?

Emanuele andò lento a sedersi.

– Ho giurato che non mi sarei piú risposato. Che l'erede della famiglia non sarebbe mai arrivato. Quella sarebbe stata la mia vendetta. E cosí è stato. Il vecchio è morto sconfitto.

– Mi dispiace. Molto. Ma Marta…

– Sei una donna speciale, Bianca. Una donna che ha nella bellezza, che pure è massima, il minore dei pregi. Il tuo amore per questa bambina ha un significato, non lo capisci?

Bianca sentiva il cuore battere all'impazzata. Il disco continuò.

Moonlight and love songs
never out of date
hearts full of passion

jealousy and hate.
Woman needs man
and man must have his mate
that no one can deny.

– Il significato è che tu hai ancora speranza. Che hai una vita, che puoi avere una famiglia e una casa vera, non questo museo con la colonna sonora di un mondo cosí lontano da essere finto. La bambina, per quanto bella e dolce, non è la tua bambina. E io vorrei che tu lo capissi.

Bianca si alzò, tremante.

– Come ti permetti, di parlarmi cosí? Quand'è che ti ho autorizzato a...

Emanuele fece cenno ad Achille di portargli cappello e soprabito.

– La solitudine è una malattia, Bianca. Una malattia subdola e grave. Ma si può curare. Io l'ho compreso nell'istante in cui ti ho incontrata. E non lo credevo piú possibile. Buona serata, mia signora.

Se ne andò, con un breve inchino.

XXXIII.

Le mani.

Sarebbero sembrati due amici seduti a conversare in un caffè, con la notte che guadagnava rapida terreno insieme al proprio carico di freddo e di vento tagliente, non fosse stato per le mani di Modo.

Che non smettevano di tremare, simili a corde di chitarra, o a un filo elettrico attraverso il quale passa una corrente troppo forte. Provò a metterle sotto il tavolino, ma fu peggio.

Severi cercò di smorzare la tensione.

– Certo, se dovessi operare adesso, per il paziente sarebbe un bel problema.

Era tornato l'uomo mite e impacciato di sempre. Un'incredibile metamorfosi rispetto alla forza e alla calma mostrate meno di mezz'ora prima, quando era pronto a ingaggiare un conflitto a fuoco con la polizia politica.

Per salvare lui, Bruno. Che per mesi lo aveva creduto una spia, un traditore, un infame. Modo non sapeva se scusarsi o ringraziare. O se piangere, come tanto avrebbe voluto.

– In fondo avevo ragione su di te. Ti spacciavi per un semplice medico venuto dal Nord, ed eri tutt'altro. Proprio come pensavo io.

– Sí, certo, da questo punto di vista non avevi torto. È vero, però, che sono un medico e che vengo dal Nord; e sul piano professionale sono migliore di come appaio. Solo che non devo dare nell'occhio. Altrimenti sai quante volte ti avrei corretto, vecchio come sei?

– Ho sempre tanto da insegnarti, *guaglio'*. E se fingevi di essere scarso, ti riusciva molto meglio che sulle idee politiche.

Bevvero un sorso di caffè. Il locale era uno dei pochissimi a restare aperto fino a tardi, e raccoglieva una piccola folla di nottambuli chiassosi. Questo permetteva di conversare con relativa tranquillità.

Bruno ogni tanto si guardava intorno, preoccupato. Cercò di trattenersi dal farlo.

– Parlami, adesso. Raccontami. Dimmi chi sei, perché sei qui. Come hai fatto a sapere di... di stasera, e perché hai salvato solo me e non gli altri. Spiegami, ti prego.

Qualcuno tirò fuori una chitarra e attaccò *'O surdato 'nnammurato*. Subito si radunò un coro ad alto tasso alcolico, sgangherato e gioioso.

Severi accennò col mento a quella parte della sala.

– Ecco, vedi? La gente ha bisogno di ridere, di cantare, di ballare. Per questo è cieca, per questo non capisce. E anche nel canto, parla di guerra e di soldati. Sono riusciti a convincere il paese di avere un destino militare. Di poter fare la guerra, e di poterla vincere.

Guardano i tedeschi, e pensano che nel giro di mesi condivideremo un impero.

Modo aspettava le risposte, con pazienza. Severi sospirò, e riportò l'attenzione su di sé.

– Sono quello che sai, Bruno. Un medico romagnolo. Ma hai ragione, non sono qui per questo. Appartengo a un'organizzazione antifascista, ormai è evidente. Siamo nati quasi subito, appena quelli hanno smesso di essere un movimento sindacale e hanno cominciato col culto della persona. E purtroppo abbiamo potuto consolidare la nostra opinione, man mano che si andava consolidando la follia. Alcuni di noi hanno intuito che in tutta Italia si andava formando il dissenso ed era necessario prendere contatto con gli altri. Siamo gli organizzatori di una struttura, in pratica.

– Questo però non risponde alle mie domande.

– Hai ragione, ma devi avere pazienza. È questo il difetto che riscontriamo piú spesso, la causa della rovina di molte menti, di associazioni e di liberi pensatori: la mancanza di pazienza. Si commettono un sacco di errori, quando non si ha pazienza.

Scrive sempe 'e sta' cuntenta, cantò il coro festoso degli ubriachi.

– Questa città è uno snodo cruciale, Bruno. Il porto, la posizione geografica, la quantità di gente che ci vive... Non si può prescindere da qui se si vuole costruire una efficace rete di dissidenza. Io sono venuto per capire chi può essere coinvolto e aderire alla nostra organizzazione. Con cautela, ci lavoro dacché sono arrivato. Non puoi nemmeno immaginare quanti informatori, infiltrati, spie abbiano. Stimiamo che soltanto nell'area urbana siano piú di tremila.

– Sí, l'ho sempre pensato. All'inizio ritenevo tutto ridicolo, ero convinto che fosse un fenomeno poco piú che folcloristico. Poi ho capito che dietro i buffoni c'erano teste pensanti, e ho cambiato prospettiva.

– E cosí, ti sei salvato. Eri nella loro lista, anche se non tra i piú pericolosi, e saresti finito di sicuro a Ventotene. Poi però si sono raffreddati nei tuoi confronti. Abbiamo pure noi i nostri infiltrati.

Modo rabbrividí.

– Però i contatti con gli altri li ho mantenuti. Ho partecipato a incontri, riunioni, persino alla luce del sole. Io non credevo... Dio mio...

Si mise una mano sulla fronte. Severi allungò un braccio sul tavolo e strinse la spalla dell'amico, per confortarlo.

– Non hai corso un pericolo serio, in realtà. Eravate sotto la lente della polizia politica, certo, ma catalogati come teorici, in pratica innocui. Il problema si pone quando comincia la propaganda, quando si interagisce con altri settori.

Bruno spalancò gli occhi.

– I volantini. Lo sciopero.

– Esatto, ci sei arrivato. È il motivo per cui è sparito Gaspare. Aveva preso a fare proselitismo al cementificio, e si è imbattuto proprio in un loro uomo.

Bruno si protese sul tavolino.

– Gaspare? E tu sai dove lo hanno portato?

Cesare non disse niente, il viso contrito.

Modo si sentí cadere il mondo addosso.

– Per questo stasera sono venuti a prenderci. Dovevamo organizzare lo sciopero, avevamo deciso di passare all'azione.

– Sí, è cosí. Non potevano consentirlo. Hanno già un problema qui: la gente è tiepida, non riescono a coinvolgere tutti come al Nord o a Roma. Non possono permettersi dissidenze manifeste o pubbliche: salterebbero teste importanti.

– Ma allora perché non hai avvertito gli altri? Non li conoscevi, forse?

– Certo che li conoscevo. Ho addirittura incontrato quello che tu chiami il Professore, due volte. Ho cercato di dissuaderlo, pure l'altro ieri, spiegandogli che non era il momento. Forse nella riunione avrebbe detto che era meglio aspettare, ma era troppo tardi.

– Troppo tardi per cosa?

Cesare abbassò la voce. Quello che disse era quasi inudibile per Modo, nel frastuono del coro.

– Mi è arrivata la notizia stasera, non si faceva in tempo. E comunque non sarebbe servito a niente, li avrebbero presi a casa, almeno quattro erano sulla lista. La fortuna ha voluto che tu non ci fossi, perché eri mancato alle ultime riunioni. Io però ho visto il ragazzino che ti ha portato il biglietto, ieri: e ho capito che saresti andato.

– Quindi tu…

– L'unica cosa che potevo fare, sí. Potevo fermare solo te. Mi sono messo lí e ho sperato di riuscirci. Confidavo nel fatto che tu non avresti anticipato l'arrivo, per limitare il rischio: e per fortuna ho avuto ragione.

A Bruno però qualcosa non era chiaro.

– Sí, ma... come sapevano della riunione? Viene stabilita all'ultimo momento. Come lo sapevano?

Severi si strinse nelle spalle.

– Te l'ho detto, sono dovunque. E nel vostro gruppo hanno almeno un infiltrato, anche perché voi accogliete chiunque si presenti, no? Te l'ho detto: poca prudenza e poca pazienza. Ecco il problema.

Modo afferrò il bicchiere che aveva davanti e tracannò...

– E adesso? Che succederà, adesso?

– Li porteranno al confino, spero. Quando sono in tanti non fanno di peggio, almeno in genere si comportano cosí. Almeno potranno continuare a vivere, a parlare tra loro. A volte mi viene da pensare che non sia il peggiore dei destini.

– E a noi? Che succederà a tutti noi?

Cesare accennò al gruppo canterino che intonava per l'ennesima volta il ritornello.

Oje vita, oje vita mia...
Oje core 'e chistu core...
Si' stata 'o primmo ammore...
E 'o primmo e ll'úrdemo sarraje pe' me!

– Vedi? Te lo stanno dicendo loro. Entreremo in guerra, è inevitabile. E l'Europa intera si metterà contro di noi. Vedremo cosa farà il Giappone, e a quel punto l'America. Sarà una catastrofe. E a noi resterà per sempre il rimorso di non averli fermati in tempo.

Bruno Modo si mise le mani tremanti in faccia.

E finalmente cominciò a piangere.

XXXIV.

Laura entrò nell'abitazione di Diego per ultima, quando l'alcol già scorreva copioso e il clima era a dir poco rovente, in ogni senso. Il Natale a oltre trenta gradi, per lei, aveva smesso di essere un'esperienza divertente da anni.

L'idea della festa era stata del padrone di casa: invece di lavorare quando gli altri festeggiano, per una volta festeggiamo noi, aveva detto. E in men che non si dica si era raccolto un gruppo di trenta persone fra musicisti, cantanti e ballerini, ansiosi di dare il proprio contributo alla *fiesta de la Nochebuena* degli artisti, la vigilia di chi avrebbe dovuto rendere lieta la vigilia degli altri.

L'ambiente non avrebbe potuto contenere tutta quella gente, ma Diego possedeva un terrazzo ampio che poteva accogliere tutti, pur se col pavimento in catrame. Erano stati sistemati tavoli e sedie col contributo dei vicini, che dai balconi e dalle finestre assistevano divertiti a quella colorata e chiassosa riunione. Dalle braci dove veniva arrostita la carne per l'*asado* salivano colonne di fumo, ma nessuno si lamentava: era ghiotta l'opportunità di godersi uno spettacolo gratis. Perché si sa, gli artisti sono artisti. Anche quando non sono sul palcoscenico e non si devono esibire sulla base di un contratto, se sono insieme e hanno uno strumento a portata di mano, allora suonano. O cantano, o ballano.

Laura arrivò che era in corso una sessione di tango tradizionale, *criollo*, piuttosto lontano da quello che si eseguiva nei locali dove lei stessa era chiamata a cantare. I musicisti, madidi di sudore, producevano note frenetiche; e i ballerini si fronteggiavano nella danza simili a felini in combattimento.

Uno spettacolo affascinante, ancestrale, privo del languore e della malinconia che caratterizzavano ciò che Laura era abituata ad ascoltare e interpretare. Un esempio evidente di quanto le aveva spiegato Diego sull'apporto dell'immigrazione europea ai costumi del luogo.

Un'esplosione sonora, all'unisono fra tutti gli strumenti, fermò la musica e congelò i ballerini nell'ultimo movimento. Dai balconi partí un applauso, accompagnato da fischi di apprezzamento e invocazioni a proseguire. Dove c'è un artista, pensò Laura, c'è un pubblico.

Il padrone di casa le venne incontro.

– Benvenuta, *señora*. Aspettavamo te per cantare un po'. Stasera sei stata immensa.

Si riferiva all'esibizione nel locale, culminata nella dolorosa e bellissima *Soledad*, particolarmente cara agli spettatori che avevano visto decine di volte la pellicola da cui era tratta, non rassegnandosi alla perdita di Carlos Gardel.

Ma da quando Diego le aveva raccontato la storia di Alfredo Le Pera, che ne aveva scritto il testo, Laura non riusciva a separare quella canzone da sé stessa; e la commozione che provava quando cantava la dolente, disperata conclusione si trasferiva su chi ascoltava, cosí che si allargava un silenzio attonito prima che scrosciasse l'applauso.

Ma non c'è nessuno e lei non verrà.
È un fantasma che crea la mia illusione
e mentre svanisce lascia la sua visione
cenere nel mio cuore.

Cantava in spagnolo: ma la sua mente traduceva le parole in emozioni, e le emozioni parlavano la sua lingua.

Gettò uno sguardo attorno. Tutti chiacchieravano e bevevano e mangiavano, e nessuno avrebbe forse voluto trovarsi in un altro luogo.

Nessuno, tranne Laura.

Diego dovette intuire la natura dell'ombra che le era passata negli occhi, perché prese Laura sottobraccio e la condusse verso un altro settore del terrazzo.

– Mi sono preso una libertà. Spero che mi perdonerai, perché l'ho fatto a fin di bene. Lo vedi? Ci sono solo artisti e gente di spettacolo, felici di stare insieme in un posto che non sia un palcoscenico; ed è sorprendente rendersi conto che sono soli, che nessuno ha portato un partner.

Laura non capiva dove volesse arrivare.

– Però siamo dello stesso paese, noi; siamo nella nostra vita. Soltanto tu, amica mia, sei lontana da casa. E anche se sei qui da anni, e sei amata, io percepisco la tua sofferenza per la distanza. Però, *señora*, ogni sera, mentre suoniamo, vedo due occhi bellissimi che non ti lasciano un istante, che brillano d'amore. E io sono un vecchio che davanti all'amore si commuove sempre. Perciò ho invitato una persona, per farti compagnia.

Due musicisti si spostarono per andare al tavolo delle bevande, scoprendo Facundo che l'aspettava seduto su un muretto del terrazzo.

Laura si girò verso Diego, ma si era dileguato con agilità insospettabile per quel corpo enorme. Allora si avvicinò al giovane, il quale cercò di decifrarne l'espressione e assunse subito un'aria di scuse.

– Non è colpa mia, amore, non prendertela con me. Il tuo amico ha insistito tanto, dopo lo spettacolo. Lo so che non ti va che ci vedano insieme, ma ho pensato che qui c'era solo gente che…

Laura era furiosa.

– Gente che non può nuocere al buon nome della tua famiglia, immagino.

– Adesso sei ingiusta, Laura. Devo ricordarti che sei tu quella che non vuol farsi vedere con me? Che fosse per me ti avrei già portata da un pezzo in casa mia?

Aveva ragione, e per questo Laura provò ancora piú fastidio.

– Io voglio scegliere, è chiaro? Se mi rifiuto di fare vita sociale, se mi rifiuto di uscire e incontrare i tuoi amici o la tua famiglia, voglio essere rispettata, dannazione.

Facundo cercò di essere conciliante.

– Perché ti dà cosí fastidio che io sia qui? È solo un modo per godersi l'esistenza fuori da quella stanza. Io non ho occhi che per te, Laura. Non riesco a immaginarmi con nessuna donna che non sia tu. E sento che ti piaccio, che mi vuoi bene. Non mi ami, forse, ma se mi darai il tempo...

– Non capisci, Facundo. Non capisci. La mia vita non è qui, non lo è mai stata. La mia vita è lontana, nel mio paese. Questa per me è solo una sospensione, una specie di recita.

– Come sarebbe, una recita? Che vuol dire, una sospensione?

– Una sospensione della vita vera! Io sarò viva quando tornerò a casa mia.

Facundo le prese la mano.

– Ma sei pazza? C'è la guerra, in Europa! E tu stessa mi hai detto che ci potrebbe essere chi ti aspetta per farti del male. La tua vita è qui, con me. Perché non ti rassegni?

Lei si divincolò e gli sputò in faccia le parole.

– No! No! La mia vita non sarà mai qui! Questo è un rifugio provvisorio, una fuga per ritrovare il coraggio e la forza. Io lo so che devo fare. E lo farò. Fosse pure la mia rovina.

L'uomo la fissò muto, gli occhi pieni di lacrime. Laura si alzò e andò verso il gruppo dei musicisti, ai quali disse in fretta qualcosa.

Loro cominciarono a suonare una canzone, e lei la cantò.

Era *Volver*.

XXXV.

Se a Ricciardi era rimasto qualche dubbio sul brutto momento che stava attraversando Maione, venne fugato non appena se lo trovò davanti l'indomani.

Il brigadiere era terreo, il viso stravolto dal dolore. E il commissario non poté trattenersi.

– Ascolta, Raffaele, io non voglio sollecitare confidenze né essere invadente. Ma da un paio di giorni ti vedo turbato, e stamattina sembri il ritratto della sofferenza.

– Scusatemi, commissa', mi dispiace. Diciamo che ho qualche preoccupazione di natura familiare. Niente di irrisolvibile. A questo proposito, vi volevo chiedere un permesso nel pomeriggio, diciamo verso le due. Sempre se non è un fastidio.

Ricciardi gli mise una mano sulla spalla.

– Lavorare senza di te è sempre un fastidio. Ma la risposta è sí, puoi avere il permesso; e se qualcuno dovesse chiedere, ti ho mandato io a fare indagini. Piuttosto, dimmi se posso fare niente.

Maione guardò nel vuoto.

– Magari, commissa'. Ma ci stanno certe cose che uno deve fare da solo, per brutte che siano.

Risolta la questione, si recarono dove avevano previsto, e cioè a intercettare Manuela Pozzi, la sarta, prima che entrasse in atelier e fosse risucchiata dal turbine delle clienti, voraci di pettegolezzi.

La videro giungere dal fondo della strada, testa bassa, passo lento. Ricciardi pensò che la donna avesse qualche assillo, e ciò confermava quello che aveva in mente.

Le si pararono davanti, e lei ebbe un sussulto.

– Signorina, buongiorno. Abbiamo qualche domanda da farvi, se permettete.

La donna si guardò attorno rapida, come per accertarsi che nessuno la vedesse.

– Vi ho già detto tutto, commissario. Non finisce mai questa tortura?

– Tortura, addirittura! Che esagerazione. È solo la seconda volta che ci vediamo; e vi ricordo che stiamo indagando sull'omicidio della vostra piú cara amica, almeno cosí avete dichiarato.

– E mi pare di avervi dato le informazioni che vi servivano, no? Ho fatto un nome, e voi avete appurato che era quello che cercavate. Cos'altro volete?

– C'è ancora un nome, signorina. Abbiamo certezza che la signorina Cascetta frequentasse da alcuni mesi un altro uomo. E abbiamo certezza che questa frequentazione, che alternava con l'altra già esistente, fosse di natura intima. Basta fare due piú due.

– E io che c'entro, scusate? Queste sono cose della povera Erminia, che ne so se...

– Abbiamo certezza che insieme a voi, in almeno un'occasione, la signorina Cascetta si è intrattenuta con due uomini in divisa. E che il suo atteggiamento fosse di grande familiarità con uno di essi, alla vostra presenza. Volete parlarcene qui o preferite che vi portiamo in questura? Nella seconda eventualità, dovremo chiudere il negozio. Sicura che vi convenga?

La donna annuí e individuò un caffè. Si avviò, seguita dai poliziotti.

Il locale aveva una saletta interna. I tre presero posto a un tavolo. Ordinarono e attesero che il cameriere portasse le tazze.

– Premetto che non vi ho parlato di quest'altra frequentazione di Erminia per rispetto a lei, che non voleva si sapesse. Era un fatto di qualche mese fa, io mi vedevo con un ispettore federale del partito che si è rivelato un mascalzone. Ma senza offesa, commissario, questo vale per la maggior parte degli uomini, in divisa e in borghese. Una volta mi disse che era accompagnato da un superiore, e se avevo un'amica avremmo potuto uscire insieme.

Maione subito si infilò.

– E voi un'amica l'avevate. Un'amica non sposata, che poteva farvi compagnia.

– Risparmiatevi l'ironia, brigadiere. Erminia ha sempre vissuto nell'ombra, a causa dell'orribile relazione che aveva. Era l'occasione per godere di un po' di luce. Il superiore del mio fidanzato di allora era celibe. Credo di averle fatto un favore.

Ricciardi intervenne.

– A meno che non sia stato proprio lui a fargliela perdere, la vita. Andate avanti, per cortesia.

– Si piacquero subito. L'ufficiale la invitò a uscire piú volte, lei mi raccontò che stavano bene insieme, che si piacevano; e a un certo punto mi disse pure che avrebbe voluto interrompere la relazione con De Nardo, ma che non poteva.

– E per quale motivo?

– Non lo so, commissa'. Quando me lo disse immaginai che fosse per gratitudine, in fondo quell'uomo le aveva dato e le dava un benessere al quale si era abituata. Ripensandoci adesso, però, non sono cosí sicura. Era come se ci fossero altri obblighi. Non so dirvi con precisione.

Maione chiese:

– E che altro ci potete dire di questo gerarca, signori'? Avete mai parlato di Erminia con lui? Vi ha detto per caso che intenzioni aveva?

– No, brigadiere. Non mi è capitato di parlarci, allora.

Ricciardi apprezzò la distinzione.

– Significa che ci avete parlato dopo la morte di Erminia?

La mano tremante, la donna prese la tazza e bevve un lungo sorso.

– Commissario, vi prego: questa gente è... decidono il destino di chiunque, di questi tempi. Io non posso trovarmi in difficoltà, vivo del mio lavoro e...

– Signorina, ascoltatemi bene. Noi intendiamo andare fino in fondo a questa storia, e vi assicuro che non vogliamo mettere in difficoltà nessuno. La vostra amica era in stato interessante, e il figlio non poteva essere dell'avvocato De Nardo, per sua stessa ammissione. Capirete che una simile circostanza può essere una forte motivazione per un omicidio. Volete che l'assassino di una giovane incinta resti impunito?

Dalla reazione della sarta, ai poliziotti fu chiaro che la donna non era a conoscenza della gravidanza di Erminia Cascetta.

Strabuzzò gli occhi e depose la tazza giusto in tempo per non lasciarla cadere al suolo. Si abbandonò al pianto, ai singhiozzi, la mano guantata davanti alla bocca. Non riusciva a calmarsi.

Un avventore del locale guardò incuriosito dalla loro parte, poi incrociò gli occhi di Maione e preferí uscire in fretta.

– Io non sapevo, commissario. Non sapevo. Erminia non mi aveva detto niente. Io... io non so che dire. Mi dispiace. Mi dispiace tantissimo. Ma sono certa che non lo sappia neanche Vincenzo. Era innamorato, magari non avrebbe avuto il coraggio di sposarla, ma la amava davvero. Se avessi immaginato che può essere stato lui, ve l'avrei detto subito.

Ricciardi annuí. Poi chiese:

– Vincenzo, e poi?

XXXVI.

Assumere le informazioni necessarie fu abbastanza agevole, perché il nominativo era di primo piano.

Vincenzo Sarpi era ispettore provinciale, ma stava per essere nominato membro del Direttorio federale, il che significava sedere al tavolo in cui venivano prese decisioni di massimo livello. E si trattava di un uomo che non aveva nemmeno quarant'anni, e dunque di una delle figure piú rampanti in ambito nazionale.

Insomma, apparve evidente che tale personalità andava gestita con le pinze per il bene stesso dell'indagine, che rischiava di essere insabbiata solo perché nel quadro generale rientrava quel nome. Ma Ricciardi riteneva imprescindibile un colloquio riservato col gerarca, e non intendeva rinunciarvi.

Avrebbero però dovuto avere il permesso di Garzo. Senza la sua autorizzazione non sarebbero stati ricevuti, e in piú avrebbero consentito a Sarpi di prendere eventuali contromisure. Nonostante fosse tutt'altro che un piacere, Ricciardi decise di recarsi di persona dal superiore, da solo, pronto a insistere e a condurre una battaglia dall'esito incerto. Se con Garzo avesse fallito, l'indagine si sarebbe arenata.

Ponte, in servizio davanti all'ufficio del vicequestore, scattò per un saluto formale ergendosi in tutto il suo metro e sessantacinque.

– Salve, Ponte. Ti dispiace vedere se il dottore può ricevermi?

L'altro si irrigidí in un secondo saluto e si avvicinò alla porta, bussando piano. Non ricevette risposta e bussò di nuovo, piú forte. Dall'interno arrivò un «Sí!» piuttosto infastidito.

Ponte lanciò uno sguardo a Ricciardi, come a dire: questa è la situazione, rendetevi conto di com'è diventata la mia vita, ed entrò. Dopo un attimo tornò e fece cenno a Ricciardi di accomodarsi. Quando gli passò accanto, il commissario incrociò gli occhi del sottoposto e vi lesse una profonda preoccupazione, mista a un sentimento di affetto che non riteneva Ponte potesse provare per il vicequestore.

Ricciardi non andava volentieri dal superiore. Avevano modalità opposte di affrontare le procedure, criteri diversi e differenti aspirazioni di carriera, per cui il confronto risultava difficile e la dialettica conflittuale.

L'ultima volta che era stato da lui risaliva a un paio di mesi prima. L'ambiente era cosí cambiato da allora che per un attimo Ricciardi pensò di aver sbagliato stanza. Sembrava l'ufficio di un funzionario di passaggio, anonimo, asettico. Si rese conto che erano spariti gli oggetti personali che un tempo occupavano ogni anfratto. Fotografie, cornici, soprammobili, quadri, diplomi di merito: tutto ciò che aveva inondato mensole, ripiani e tavolini, adesso non c'era piú.

Garzo stesso era irriconoscibile. Spettinato, in maniche di camicia, la cravatta allentata; e i baffi, che usava curare con orgoglio maniacale, parevano due cespuglietti informi. Ricciardi rimase cosí stupefatto da restare in piedi senza neanche salutare.

Il vicequestore invece, fatto ancor piú strano, fu contento di vederlo. Gli andò incontro e gli mise una mano sulla spalla. Il commissario temette con orrore che volesse addirittura abbracciarlo, ma per fortuna non accadde. Garzo corse a chiudere la porta a chiave, poi indicò a Ricciardi l'altra parte della stanza, dove c'erano due sedie sistemate nei pressi della finestra. Il vicequestore spalancò i vetri lasciando penetrare, oltre alle folate gelide di dicembre e a qualche goccia di pioggia mista a nevischio, i rumori della strada sottostante.

Ricciardi rabbrividí.

– Dottore, ma... non avete freddo con la sola camicia indosso? Con questo vento poi...

Garzo si guardò le maniche, come sorpreso; poi andò a prendere la giacca dalla poltrona su cui era stata malamente gettata e l'infilò. Di nuovo alla finestra, sedette davanti al commissario, al quale fece segno di sedersi a propria volta.

– Sono felice che siate venuto, Ricciardi. Avrei dovuto cercarvi io, ma... Dobbiamo stare attenti. Molto attenti.

Il disagio di Ricciardi cresceva di minuto in minuto. Garzo pareva in stato confusionale.

– Dottore, in effetti la questione è delicata e avrei bisogno del vostro aiuto.

Garzo lo fissò quasi avesse parlato in una lingua ignota. Ricciardi l'interpretò come una richiesta di chiarimenti, e si affrettò a fare il punto sulle indagini.

– Capite bene, dottore, che abbiamo la necessità di parlare con questo Sarpi, il gerarca che intratteneva una relazione con la vittima e probabile padre del bambino che la donna attendeva. Vi dò la mia parola che useremo massima discrezione, lo incontreremo in un luogo riservato, e chiarirò, se volete, che si tratta di una mia personale iniziativa, che il mio superiore non ne è a conoscenza o…

Garzo sollevò la mano, l'aria dolente.

– No. Questa storia è finita, Ricciardi. Basta coi riguardi, basta con la delicatezza, e soprattutto basta con la diversificazione di pesi e misure. Procedete pure come ritenete, e fatelo a nome della questura.

Ricciardi, disorientato, dopo una breve esitazione ringraziò il vicequestore e fece per alzarsi. Garzo però gli strinse forte l'avambraccio, costringendolo a restare seduto.

– Sono persone terribili… Terribili! Non hanno pietà, non hanno onore. Sono brutali, vigliacchi e assassini.

Il commissario non capiva. A chi si riferiva Garzo? Lo stato nervoso di quell'uomo lo rese inquieto.

– Dottore, se vi riferite a chi ha ucciso Erminia Cascetta, vi garantisco che faremo di tutto per assicurarlo alla…

– I fascisti, Ricciardi! Sto parlando dei maledetti fascisti, la rovina di questo paese!

Quelle frasi, dette da uno che fino a pochi giorni prima viveva per compiacere un partito al quale si era iscritto sin dagli albori, rendevano il frangente ancora piú surreale. Dalla finestra si insinuavano ventate gelide che spargevano fogli e documenti in giro per la stanza.

– Ci sorvegliano, Ricciardi. Ci sorvegliano tutti. Non c'è parola, non c'è pensiero che non conoscano. L'ho capito in ritardo, ma l'ho capito in tempo, spero. Ed è necessario che lo capiate anche voi. Per questo attendevo di parlarvi.

– Dottore, se avevate bisogno di me bastava che mi faceste chiamare da Ponte, io sarei subito…

– No! È quello l'errore, non lo capite? Nulla deve travalicare l'ordinario, altrimenti si regolano di conseguenza! Aspettavo che veniste voi per questioni d'ufficio, viceversa non avrei potuto dirvi quello che vi devo dire!

– E che cosa mi dovete dire, dottore?

Garzo andò alla libreria. Prese un volume identico a molti altri sugli scaffali, lo aprí, prelevò un foglio, ripose il volume e tornò a sedersi di fronte a Ricciardi.

– Ascoltatemi bene, perché quello che vi dirò non potrò ripetervelo mai piú. Siete a conoscenza delle leggi sulla difesa della razza italiana. Sapete che sono un riflesso di quello che è accaduto e sta accadendo in Germania, vero? Sapete cosa sta succedendo nelle altre città? Conoscete il cattivo sentimento crescente nei confronti degli ebrei?

– Mi rendo conto, dottore, ma noi sorvegliamo con attenzione che non avvengano episodi di violenza o di…

Garzo batté con forza una mano sul bracciolo della sedia.

– No, voi non vi rendete conto! È solo l'inizio, Ricciardi. Essere ebrei per loro è un marchio. Io sono in contatto con gruppi, sia in Italia sia all'estero, e raccomandano tutti di mettersi al sicuro con urgenza. Andiamo incontro alla guerra, e questo farà peggiorare le cose.

– Vi chiedo scusa, dottore, ma… noi che possiamo fare?

Garzo si alzò. I capelli gli si agitavano sulla testa facendolo apparire ancora piú folle. Mostrò al commissario il foglio che aveva preso dal libro.

– È un documento riservatissimo. Mi è stato dato da una persona che, come me, potrebbe ritrovarsi nel pieno di una tempesta. Mia moglie, Ricciardi, è ebrea. Non lo sapevate; in pochi lo sanno. Su questa lista, che è stata approntata dalla polizia segreta in vista di possibili, ulteriori misure contro gli ebrei, c'è il suo nome. E quello dei miei figli.

Ricciardi provò una profonda pena per quell'uomo che, di fronte a tale terribile notizia, aveva dovuto smontare pezzo per pezzo il sistema di valori su cui aveva basato la propria esistenza.

– Dottore, ma non significa che qualcosa succederà davvero. Sapete come funzionano gli uffici, sarà un censimento che non avrà…

– Povero pazzo superficiale, non volete proprio vedere. Non ve ne faccio una colpa, siete in tanti e per troppo tempo lo sono stato anch'io. È la nostra indifferenza, del resto, ad averci portato fin qui.

Con angoscia, Ricciardi si rese conto che erano gli stessi rilievi che gli aveva fatto Bruno Modo, per poi allontanarsi da lui in maniera evidente.

– Noi non siamo in confidenza, Ricciardi. Mi disprezzate, non avete mai celato questo sentimento; e voi a me fate paura, rigido e scostante come siete. Ma vi riconosco onestà e rettitudine, merce assai rara. Però oggi vi ho aperto il cuore, rivelandovi cose che potrebbero condannarmi all'arresto e forse alla morte. Perché l'ho fatto?

Il commissario lo scrutava, interdetto. Poi ebbe un lampo e gli occhi andarono al foglio che Garzo brandiva verso l'alto, come una bandiera.

– Proprio cosí, Ricciardi. Ho riflettuto a lungo se dirvelo o no, lasciando prevalere la vigliaccheria; ma poi ho guardato la mia famiglia, i miei figli, e ho pensato che non potevo caricarmi la coscienza anche di questo peccato. Noi ce ne andremo, e non vi dico dove. Ho dei risparmi, mi basteranno per il tempo necessario a trovare un mezzo di sussistenza. E spero che la scamperemo.

Ricciardi continuava a guardare il foglio, in attesa.

Garzo sussurrò:

– In questa lista ci sono i nomi dei famigliari della vostra povera moglie. Il padre, la madre, i fratelli e le sorelle.

Il commissario udí sé stesso dire, con un filo di voce:

– E non solo, vero? Altrimenti non mi avreste detto nulla. Sulla lista…

– Sí, Ricciardi. C'è anche il nome di vostra figlia.

XXXVII.

Il difficile fu fare in modo che Lucia non si accorgesse di niente.

Maione aveva rinunciato da anni a tenere un segreto con la moglie. Pareva dotata di un potere soprannaturale: coglieva le sfumature della voce, le alterazioni di tono, i mutamenti degli sguardi. Le bastava una frazione di secondo per farle dire: mi stai nascondendo qualcosa.

Ma Raffaele non poteva condividere con lei quello che stava accadendo. Ragion per cui articolò un'elaborata bugia per giustificare il rientro anticipato a casa, e anche l'immediata uscita successiva. Disse a Lucia che doveva fare un appostamento per conto di Ricciardi: non c'era alcun pericolo, però siccome erano coinvolti personaggi molto importanti, era piuttosto turbato. No, non avrebbe potuto mangiare un boccone prima di andare, perché doveva arrivare dall'altra parte della città. E sí, trattandosi appunto di una sorveglianza per la quale non si poteva dare nell'occhio, sarebbe stato in borghese; anzi, se gli aveva stirato la camicia in flanella a quadri, sarebbe stata perfetta per non prendere freddo nel tempo non preventivabile in cui avrebbe stazionato per strada in attesa del passaggio dei sospettati.

Lucia sapeva che le Colonne d'Ercole delle confidenze riguardanti il lavoro erano state superate da quei dettagli, in genere nemmeno sfiorati; ma non ritenne di dover approfondire. Anche se avvertí una vaga situazione di disagio, che volle però ignorare.

Bambinella era stata precisa su orari, luogo e modalità. Camminando controvento, una mano a trattenere il cappello sulla testa e l'altra nella tasca del cappotto, Raffaele provava a gestire l'inferno che aveva in corpo. Mai avrebbe pensato di ritrovarsi ad affrontare una situazione come quella; da un certo punto di vista, aveva l'ultima possibilità di non pensare a sé stesso come a un padre che aveva fallito.

Nelle lunghe ore di veglia della notte precedente, dalla quale era uscito cosí a pezzi che Ricciardi se n'era accorto subito, aveva pensato tanto a Luca, il figlio scomparso. Ci pensava sempre, sí, ma in questa circostanza ci aveva pensato in maniera diversa; gli sarebbe piaciuto confrontarsi con lui, decidere insieme come muoversi. Aveva sentito nella notte quella dolcissima voce dirgli: *non vi preoccupate, papà, ci penso io. State senza pensiero, ci parlo io col ragazzo, è bravo, ha sbagliato, sí, e sono sicuro che lo capisce.*

Luca però non c'era.

E quando il sole era finalmente sorto, Maione aveva avuto ben chiaro quello che c'era da fare.

Che non era facile, ma andava comunque fatto.

All'interno del deposito abbandonato, il clima era ben diverso da quello dell'ultima riunione.

Adesso c'era un'allegria che sconfinava nell'esultanza. Erano giunti alla spicciolata, e ora stavano attorno a Giasone e si complimentavano con lui con grandi pacche sulle spalle.

Ercole salí sulla cassa che era il proprio trono, e dichiarò aperto l'incontro.

– Devo congratularmi, Eroi. La nostra prima azione è stata un successo. Siamo stati puntuali, determinati, forti. Non abbiamo avuto titubanze, e possiamo dire che questa città schifosa da oggi è un poco piú pulita.

L'entusiasmo era tale che tutti si sentivano in diritto di prendere la parola senza chiedere permesso.

Teseo disse, in falsetto:

– Non se lo aspettava, quel pervertito. Quando ci ha visti arrivare, neanche ha provato a fuggire!

Ettore rise:

– E come avrebbe potuto, con quei tacchi? Dio mio, che schifo, ci pensate? Un maschio vestito da femmina!

Achille, il petto gonfio e le mani che si aprivano e si chiudevano a pugno, commentò torvo:

– Sento ancora il rumore flaccido delle ossa che si spezzano sotto i piedi e le mani. Non era certo un uomo, quello! Un essere indegno di vivere. Abbiamo fatto bene a toglierlo di mezzo.

Ercole concordava.

– Certo che abbiamo fatto bene. E dobbiamo un plauso al nostro Giasone, che non soltanto ha avuto l'idea, ma ci ha anche fornito le indicazioni per trovare quell'essere immondo mentre era da solo e pronto a farsi stroncare.

Giasone arrossí, felice. Non si era mai sentito cosí gratificato.

– Grazie, signor Ercole. E grazie anche a voi Eroi per aver accettato il progetto.

Gli altri applaudirono. Ercole disse:

– Vorrei proporre l'immediata ammissione di Giasone al gruppo. Adesso abbiamo davanti una serie di grandi imprese, al termine delle quali questa città sarà all'altezza del suo luminoso futuro imperiale, come vuole il Duce e come l'incapace, inutile polizia non riesce nemmeno lontanamente a rendere.

Prima che tutti accogliessero la proposta per acclamazione, da un angolo buio si alzò una voce profonda.

– E chi la dovrebbe ripulire la città? Voi?

I giovani sobbalzarono per la sorpresa. Teseo squittí di spavento. Ercole, un po' tremebondo, disse:

– Chi è là? Vieni fuori, fatti vedere!

Al suono di quella voce, Giasone era impallidito e aveva fatto un passo indietro di fronte al suo peggior incubo che si materializzava. Ma nessuno se n'era accorto. Un lento passo pesante riempí il silenzio, e una enorme figura uscí dall'oscurità.

– Ah, ma siete cinque *creaturi*. Da laggiú sembravate uomini, pensate.

Il tono irridente fu piú offensivo delle parole. Ercole si schiarí la gola e disse, con tono piú profondo di quello naturale:

– E tu, chi cazzo sei?

L'uomo avanzò ancora, barcollante, collocandosi nella penombra. Era massiccio, ma aveva l'aria placida e innocua.

– Sono uno che viene a dormire qua, non ho un posto dove andare. Non è che avreste qualcosa da bere? Mi vorrei sciacquare la bocca con un po' di vino rosso. Ma forse ai bambini non lo vendono, giusto?

Ettore si aggiustò gli occhiali sul naso.

– Un vagabondo. Un mendicante, ubriaco. Che schifo.

Teseo, rassicurato, rincarò:

– Feccia. Un altro di quelli che andrebbero cancellati, se vogliamo ripulire la città.

Achille fu l'unico ad avvicinarlo, minaccioso. La sua statura quasi raggiungeva quella dell'uomo nella penombra, ma lui non era certo ubriaco.

Ercole disse:

– Ascolta, stasera siamo buoni. Abbiamo già compiuto la nostra azione quotidiana e ci sentiamo sazi. Ti facciamo un regalo e ti mandiamo via sulle tue gambe. Però, solo se giuri che non dirai a nessuno di averci visti.

Ettore volle dire la propria:

– E non devi piú tornare qua. Questo posto è nostro.

Teseo commentò:

– Trovati un marciapiede per svernare. E magari facci sapere dove, cosí veniamo a riscaldarti.

Achille grugní:

– Con un bel fuoco. Bello forte. Vedrai che starai caldissimo.

L'uomo esplose in una risata sgangherata. Riuscí a stento a rimanere in piedi.

– Forse sono davvero troppo ubriaco. Mi sembra di sentire cinque bambini che dànno ordini a un adulto. Che strani scherzi fa, il vino.

Giasone si era allontanato verso la porta, ma Teseo lo fermò e lo portò al centro del deposito.

– Adesso sei del gruppo, Giasone. Hai una bella occasione per farti valere.

Ercole non era sceso dalla cassa.

– E va bene. Ero stato clemente, ma vedo che la bontà non è mai ben accetta. Dobbiamo essere sicuri che non rivelerai dov'è il nostro quartier generale. Perciò siamo costretti a chiuderti la bocca.

Scese dallo scranno e fece cenno agli altri di avvicinarsi. Giasone, spinto alle spalle da Teseo, aveva il terrore dipinto in volto, ma ancora una volta passò inosservato.

Il primo a scagliarsi contro lo sconosciuto fu Achille, con un ruggito. Sembrava un toro infuriato, le mani strette a pugno, il collo corto incassato nelle spalle, le gambe forti a regolare lo slancio.

L'uomo non si mosse. Quando l'altro fu alla giusta distanza, un piede scattò come una molla e colpí il basso ventre dell'Eroe Achille.

Il giovane cacciò un urletto disperato e rovinò al suolo, contorcendosi. Cosa che continuò a fare per l'intera durata degli eventi successivi.

Ettore e Teseo decisero per un'azione combinata e attaccarono il sedicente barbone dai lati. L'uomo allungò le mani e assecondò il movimento, sbattendo le teste l'una contro l'altra con un lugubre rintocco impreziosito dal frantumarsi delle lenti di Ettore. I ragazzi precipitarono al suolo, dove restarono a lamentarsi.

Ercole allora estrasse un coltello e si mise in posizione di guardia. Giasone gli si parò davanti.

– Capo, no, ti prego. Non lo fare.

– Non ti preoccupare, Giasone, siamo andati oltre, questo vigliacco ha visto troppo. Non corro rischi, tranquillo, non lo saprà nessuno.

L'uomo spinse via il ragazzo, che ruzzolò lontano.

– Sí, Giaso', sono d'accordo, non ti preoccupare. Vieni avanti, chi sei tu? Ercole col coltello, non me lo ricordavo. Vediamo come te la cavi contro un poveretto che non vi ha fatto niente.

Quando il giovane, dopo una finta, tentò l'affondo, lanciò un urlo di trionfo accompagnato da un gemito di Giasone, che seguiva da terra l'esito del duello. La lama però aveva solo squarciato il soprabito, perché con insospettabile agilità l'uomo si era scansato all'ultimo momento.

La mano compí un arco perfetto e ricadde tra spalla e collo di Ercole, con inaudita potenza e un pauroso scricchiolio di ossa fratturate.

Il giovane si accasciò con un urlo stridulo. Il sedicente clochard completò l'opera sferrandogli un pugno sul mento, che fece perdere i sensi al ragazzo.

Giasone si alzò e corse verso la porta, ma l'uomo lo acciuffò al volo come un cucciolo in fuga e lo sollevò da terra per la collottola. Il giovane mulinò le gambe nell'aria, poi si fermò. L'altro continuò a sollevarlo sino portargli il viso all'altezza del proprio, e padre e figlio si guardarono negli occhi.

– Mi fai schifo, Giaso'. Se ti vedesse tuo fratello, vomiterebbe.

E con l'altra mano gli mollò lo schiaffo piú forte che fosse mai esistito.

XXXVIII.

Ricciardi e Maione si erano lasciati poche ore prima. Il tempo che avevano trascorso separati era stato talmente lesivo per entrambi da farli ritrovare profondamente mutati, forse per sempre. Cosí concentrati ciascuno sul proprio dolore da non accorgersi l'uno della sofferenza dell'altro.

Il commissario informò Raffaele di aver ottenuto l'autorizzazione di Garzo a interrogare Vincenzo Sarpi. Maione, lo sguardo spento, non entrò nel merito. Non gli interessò sapere come avesse fatto Ricciardi a ottenere il permesso con tanta facilità. Al gerarca fece recapitare un biglietto del commissario: gli si chiedeva di raggiungerlo nella saletta riservata del caffè *Buonoscontro*, in via Verdi, quando sarebbe stato comodo, purché a partire dalle ore 19.

I poliziotti presero posto a un tavolino. Tennero una conversazione vaga. Maione continuava a rimuginare su come avrebbe retto l'incontro col figlio, la sera a cena, sotto lo sguardo attento e sensibile di Lucia; Ricciardi si domandava in che modo avrebbe dovuto informare i suoceri dell'esistenza della lista, senza poterla esplicitamente citare.

L'ospite fu puntuale.

Entrò spedito, si guardò attorno e li individuò. Li salutò con un freddo cenno del capo; e d'altra parte, neanche i due poliziotti manifestarono cordialità verso l'uomo la cui divisa rappresentava l'origine del loro recente dolore.

Ricciardi fece le presentazioni.

– Conoscete il motivo della convocazione, signore. Non perderò tempo a chiedervi se avevate o no una relazione con la vittima dell'omicidio, signorina Cascetta Erminia; né di che natura fosse tale relazione. Se ritenete di negare questo aspetto, non abbiamo altro da dirci. Devo però avvisarvi che proseguiremo nelle indagini e faremo di tutto per indurvi a rispondere nelle sedi opportune. Sta a voi decidere se proseguire adesso per le vie informali.

Sarpi ghignò. Era un quarantenne dalla pelle scura, tendente alla pinguedine e dai capelli radi: ma gli occhi esprimevano intelligenza e vivacità. Era da lí che promanava il suo fascino.

– Se non avessi avuto intenzione di rispondere non sarei venuto qui, commissario. E sappiamo entrambi che se volessi tenermi fuori non riuscireste a portarmi in nessuna sede. Quindi niente convenevoli né premesse ostili, per cortesia. Ora dite pure.

A Maione quell'arroganza fece prudere le mani.

– Potreste cominciare col dirci, per favore, dove eravate il pomeriggio e la sera del giorno 17.

Sarpi lo fissò come se a parlare fosse stata una sedia.

– Mi deludete, brigadiere. Non che abbia stima delle forze di polizia, ma un minimo di indagine me lo sarei aspettato. Ero in compagnia della principessa di Piemonte, che con i figli Maria Pia e Vittorio Emanuele, principe di Napoli, è venuta per l'inaugurazione della mostra del giocattolo nei locali della *Rinascente*. Ho avuto l'onore di riceverli e di accompagnarli, e poi di presenziare alla cena di gala. In pratica, centinaia di persone possono testimoniare circa la mia presenza.

A Maione guizzò un muscolo della mascella. Pensò che picchiare fascisti poteva diventare un simpatico passatempo.

Ricciardi disse:

– Dottor Sarpi, noi abbiamo bisogno di sapere qualcosa di personale. Che sentimento aveva la signorina Cascetta nei vostri confronti, e voi nei suoi?

La domanda colse l'uomo alla sprovvista. Esitò a rispondere.

– Mi rendo conto, commissario. Questo è un caffè, giusto? Non sono le «opportune sedi». Non ci si deve difendere, e del resto io non ho nulla di cui difendermi. Sono anzi la persona che ha maggiore interesse a scoprire l'assassino di Erminia. Della *mia* Erminia –. Cambiò tono. – Ci amavamo, commissario. Ci amavamo davvero. Era difficile per noi. Io ho un lavoro che somiglia a una missione, e forse lo è; lei aveva vissuto secondo scelte sbagliate fatte da giovanissima. Ma ci eravamo innamorati, e da quando ho saputo della sua morte, mi sembra impossibile pensare di vivere senza.

Maione disse, duro:

– E però non è che vi siete fatto vivo, no, dotto'? Non è che siete venuto in questura e avete detto: eccomi qua, io sono l'innamorato della vittima e sono a vostra disposizione. O sbaglio?

La provocazione era evidente, e Ricciardi si aspettò una risposta brusca o addirittura che l'uomo lasciasse l'incontro. Invece Sarpi chinò il capo.

– Avete ragione, brigadiere. E non crediate che sia stato facile restare in silenzio. Io sono alle porte di un riconoscimento alla carriera che farebbe di me una figura importante nel partito. A concorrere è la crema dei funzionari. Bisogna essere adamantini, e il mio eventuale coinvolgimento, anche in assenza di colpa, mi avrebbe fermato in questa ascesa. Non sapete quanto conta per me, e per le persone che insieme a me godrebbero di un avanzamento. Non me la sono sentita. Sono un essere umano.

Ricciardi disse:

– Avevate visto la signorina, di recente? Vi aveva detto qualcosa di nuovo, o l'avete detto voi a lei? Avete parlato di futuro, di programmi? Vi ha riferito di qualche lite, o di qualche preoccupazione? Ogni dettaglio può essere rilevante.

– Certo, ci siamo visti. Ci vedevamo ogni volta che potevamo. Come sapete, aveva questa... questa assurda frequentazione con un vecchio. Le avevo detto mille volte di interromperla, ma titubava. Proprio la sera prima che morisse, le ho detto che appena avessi avuto la nomina le avrei chiesto di sposarmi. Ed Erminia...

– Ed Erminia?

– Erminia, commissario, mi ha detto che aveva un preciso dovere nei confronti di una persona anziana che dipendeva da lei. Ma gliene avrebbe parlato, e avremmo potuto finalmente vivere. Cosí mi ha detto.

Egoista, egoista. Lasciami vivere. Ricciardi sentí risuonare nella testa le parole della vittima. Si rese conto che non riusciva a concentrarsi sulla conversazione, perché l'idea che il nome di Marta, una bambina di cinque anni che era il ritratto della dolcezza, fosse su una lista destinata a chissà quale terribile finalità, non gli consentiva di pensare ad altro.

– Sapevate che Erminia era in attesa di un figlio?

L'uomo sbiancò. I grandi occhi scuri si riempirono di lacrime. Allungò una mano verso un bicchiere d'acqua, ma non ce la fece a sollevarlo per il tremore.

Maione ne ebbe pena e glielo porse. L'uomo ringraziò e bevve.

– No. No, non lo sapevo. Mi aveva detto che… che voleva dirmi una cosa ma preferiva aspettare. Avevo creduto fosse la risposta alla mia proposta di matrimonio, ma…

Tacquero, ognuno perso nel proprio dolore. Fuori, gli zampognari suonavano la novena di Natale.

Alla fine Sarpi disse:

– Noi stiamo lavorando per costruire un mondo nuovo. Giusto o sbagliato che sia il modo che abbiamo scelto, lo stiamo facendo. Un mondo che è difficile da creare, perché ci sono molte resistenze: qualcuno dovrà per forza andarsene, qualcun altro dovrà morire.

Ma i bambini non dovrebbero morire, non credete? I figli dovrebbero crescere felici.

Cominciò a singhiozzare. Né Maione né Ricciardi ebbero la forza di fargli coraggio.

Perché entrambi pensavano che i bambini dovrebbero crescere felici. E che nessuno dovrebbe impedirglielo.

Mai.

XXXIX.

I Colombo si erano abituati presto al carattere ombroso di Ricciardi. Sin dal suo fidanzamento con Enrica, avevano compreso che non potevano aspettarsi da quell'uomo schivo e introverso le manifestazioni tipiche di chi si impegna in una promessa di matrimonio e fa ingresso ufficiale in famiglia. Allora prendevano in giro Enrica, che secondo i fratelli si era fidanzata con un muto.

Nel tempo, specie dopo la morte prematura di quella figlia tanto amata, si erano però resi conto con piacevole stupore di quanto fosse intenso e profondo l'amore che il commissario nutriva per loro.

Non c'era giorno che lui non passasse a trovarli. La cessione del negozio per via delle leggi razziali di fatto non aveva avuto conseguenze, perché Ricciardi ogni mattina mandava Nelide dai suoceri, per rigovernare e provvedere a qualsiasi necessità.

Era diventato il confidente di Giulio; la domenica gli teneva compagnia durante lunghe passeggiate silenziose, e faceva in modo che Marta stesse quotidianamente con i nonni almeno per un paio d'ore: avere la bambina in casa spalancava ai Colombo le porte del buonumore, in un frangente in cui questo era divenuto merce difficile da reperire.

Non furono perciò sorpresi dall'improvvisa visita del genero la sera dell'antivigilia di Natale: era tardi, ma furono lieti che Ricciardi si fosse ritagliato il tempo per un saluto, prima di rientrare a casa dal lavoro.

Maria lo accolse con il solito abbraccio, e gli propose un caffè anche se fuori orario. Ricciardi declinò, e disse che aveva alcune notizie sullo stato del commercio cittadino che il suocero gli aveva chiesto; magari potevano fare due passi, cosí gliene avrebbe parlato.

Giulio era in veste da camera, ma capí subito che Ricciardi voleva rimanere da solo con lui, anche perché non gli aveva chiesto alcuna notizia sullo stato del commercio cittadino. Disse quindi alla moglie che aveva proprio voglia di uscire un po', dato che era stato tutta la giornata in casa, e accolse la proposta del genero.

Maria accennò una protesta, visto il freddo e l'ora tarda; ma cedette, perché temeva la tristezza crescente del marito da quando non lavorava piú. Tutto ciò che arrecava gioia al marito tanto amato era dunque ben accetto.

Camminarono per un po', procedendo muti lungo la via che conduceva a Capodimonte. Fu Colombo a spezzare il silenzio.

– Allora, Luigi? Di che mi devo preoccupare? È successo qualcosa a Marta?

L'amore immenso di Giulio per la bambina, ormai divenuta per lui ragione di sopravvivenza, era ben noto a Ricciardi. Un sentimento ricambiato, perché quando era insieme al nonno per Marta non esisteva piú nessuno.

– No, cavaliere. State tranquillo, Marta sta bene. E devo dire che, per fortuna nostra, somiglia sempre di piú alla madre.

– Sí, è vero. E se tu avessi conosciuto Enrica a quell'età, ne saresti impressionato. Ma ha anche una forza e una consapevolezza che mia figlia non possedeva. Per carità, la *capa tosta* è la stessa, se si mette una cosa in testa non c'è speranza di convincerla del contrario; però Marta ha una sensibilità diversa. Quasi abbia una marcia in piú.

– Il merito è anche vostro, cavaliere. E della nonna, di Nelide e di Bianca, che le state sempre vicino. Io la vedo solo la sera e mi godo la parte piú bella, senza assilli.

– Sei un padre ammirevole, Luigi. Vivi per lei, e non credere che non lo vediamo, che non lo apprezziamo. Ma a volte penso che un uomo ancora giovane meriterebbe un presente e non soltanto un passato. Sappi che se dovessi decidere in questo senso, io sarei dalla tua parte.

– Non ci penso proprio, cavaliere. Ho già tutto quello che mi serve. Una figlia meravigliosa, una famiglia bellissima. Non ho bisogno di altro.

Giulio si guardò attorno. Per strada c'erano quattro gatti, la luce dei lampioni era velata di umidità.

– Come sono cambiati i tempi... A quest'ora, il giorno prima della vigilia, una volta le strade brulicavano di gente. Ambulanti, negozi aperti per l'intera notte, famiglie che compravano regali, cibo. La festa durava una settimana. Adesso, invece... una desolazione. E insistono pure che va tutto bene.

Ricciardi capí che il momento era giunto.

– No, cavaliere: non va affatto tutto bene. Anzi, non è mai andata cosí male.

Il tono, piú che le parole, fece fermare Giulio di botto per guardare in faccia il genero.

– Che vuoi dire, Luigi? Che succede?

Ricciardi lo prese sottobraccio e gli fece riprendere il cammino. Parlò di Garzo, della persona che il vicequestore era stato fino a quel giorno, del rapporto che Ricciardi aveva avuto con lui, lontanissimo dall'amicizia e da ogni tipo di confidenza. Parlò delle circostanze casuali del loro incontro, di come il superiore avesse atteso che provvedesse il destino a far capitare l'occasione di un colloquio riservato. Parlò di tutte le cautele messe in atto perché nessuno udisse quello che si erano detti. Parlò della finestra aperta, del vento gelido. Parlò degli occhi allucinati, del terrore che traspariva da ogni gesto e ogni respiro di quell'uomo disperato e sull'orlo della follia.

Parlò poi del libro celato in mezzo ad altri volumi, e del foglio estratto dalle pagine.

Attento a non spaventare il suocero, parlò del significato della lista. E della portata di ciò che sarebbe potuto conseguire in funzione di quella lista.

Giulio ascoltava in silenzio, sottobraccio al genero. Ricciardi non avrebbe saputo dire a cosa stesse pensando. Aveva scelto di non nascondergli niente e di non indorare la pillola, ma adesso temeva di aver sottovalutato la sensibilità del suocero e la fragilità emotiva che lo affliggeva, visto l'anticipato e involontario pensionamento.

– Io, cavaliere, non mi interesso particolarmente di politica. E certi scenari che Garzo vede realizzabili a me sembrano in tutta franchezza esagerati. Però devo ammettere che persone verso cui nutro stima profonda, Bruno Modo per esempio, condividono l'atteggiamento di paura per ciò che prospettano le azioni di chi ci governa. E il cambiamento cosí radicale del vicequestore mi ha fatto molta impressione.

Giulio continuava a tacere. Ricciardi conosceva bene la natura riflessiva del suocero, la sua scarsa impulsività. Era parte di ciò che aveva sempre amato della moglie, che somigliava cosí tanto al padre.

– Cavaliere, devo dirvelo: l'idea che su quella lista, chiunque l'abbia stilata e a qualsiasi cosa serva, ci sia il nome di Marta mi ha stravolto. Sono padre, e parlo a un padre. Il nostro compito è proteggere i figli, agire secondo quello che è meglio per loro. Ecco perché ho voluto parlarvi. Dobbiamo decidere noi cosa fare. Voi e io. Per forza.

– Sí, hai ragione, Luigi… Vedi, io sono stanco. Una parte di me è morta quando se n'è andata Enrica, un'altra quando ho smesso di stare al negozio. Un uomo non muore mai tutto insieme. Un uomo muore a pezzi. Fosse per me, questa nostra chiacchierata gioverebbe solo a prendere atto di quello che il mondo sta diventando. Né piú né meno che scoprire le strade deserte la sera dell'antivigilia –. Fece ancora qualche passo. – Una persona anziana si aggrappa alle poche sicurezze che le rimangono. Il mondo crolla attorno, e lei si sente perduta. E farebbe qualsiasi cosa per rimettersi in piedi, se è caduta. Qualsiasi cosa. Ma hai ragione tu. Ci sono le nostre famiglie, i figli. E c'è Marta. Dobbiamo pensare a lei. Perché lei un futuro ce l'ha, e deve continuare ad averlo.

Si fermò e fissò Ricciardi.

– Tu che hai in mente?

– Sapete della mia casa in Cilento, cavaliere. Le terre, i possedimenti, il castello dove sono cresciuto. C'è posto per tutti, lí. Io posso licenziarmi, oppure chiedere il trasferimento. Ne ho titolo, non ci sarebbero ostacoli. Peraltro lo stanno già facendo in molti per motivi economici, no? Si sente sempre piú spesso di famiglie che vanno a vivere in provincia. Si vive meglio e con molto meno. Sarebbe un modo per toglierci dall'attenzione di questi pazzi e delle loro liste. Potremmo starcene là finché le acque non si saranno calmate. E soprattutto staremmo insieme, potremmo tutelarci a vicenda.

Giulio disse, piano:

– In pratica, dovremmo scappare. Lasciare il posto dove siamo nati e cresciuti, quasi fossimo colpevoli di chissà quale delitto, non avendo però mai fatto niente di male. Come ladri, come assassini. Come quelli a cui tu dài la caccia, Luigi. E soltanto perché c'è qualche pazzo che ha decretato che noi siamo diversi dagli altri. È cosí?

Ricciardi abbassò il capo. Poi lo sollevò di nuovo, e gli occhi verdi brillarono nella notte simili a quelli di un gatto.

– Cavaliere, io sono un poliziotto, uno che dà la caccia ai criminali, sí. E voi un uomo onesto che resta tale nonostante le numerose sollecitazioni a non esserlo piú. Ma prima di ogni cosa, chi sono io? E chi siete voi? Chi siamo noi?

– Tu sei un padre, Luigi. E lo sono anch'io. Hai ragione, non è questione di giusto o di sbagliato. E proteggere chi si ama non è mai una fuga, né una sconfitta.

Si abbracciarono, nella strada deserta.

XL.

A guardare la folla che riempie le strade, la mattina della vigilia di Natale, verrebbe da chiedersi: ma questi che hanno fatto, nelle mattine che hanno preceduto questa?

Dove andavano, correndo avanti e indietro? Perché si affannavano, perché entravano e uscivano dalle botteghe? Perché si davano tanto da fare, se comunque si riducono all'ultimo momento?

Specie le donne. Dove vanno le donne, la mattina della vigilia di Natale?

Nelide risaliva rapida via Materdei. E, come al solito, mormorava.

Chi avesse posato uno sguardo incuriosito su quella bizzarra figura tarchiata e arcigna, avrebbe pensato che parlasse tra sé. Ma chi fosse stato dotato di facoltà soprannaturali, avrebbe visto che il fantasma di un'anziana – troppo simile a lei per non esserne parente stretta – le scivolava a fianco.

– Che poi, zi' Ro', che significa mettere un manifesto che si devono denunciare le pentole in rame? 'Sto podestà dev'essere un fesso, oppure un ladro.

– E che ti devo dire, nipote mia? Questi si inventano le cose da un momento all'altro. Dice che il rame può servire alla patria, che si deve sapere dove sta e all'occorrenza se lo prendono.

– Si vogliono pigliare le pentole mie? E secondo loro io ce le dò? Devono passare sul cadavere mio, zi' Ro'. *Chi pazzeia cu fuoco, se coce.*

Rosa ridacchiò.

– E credi che hanno paura di te, *guaglio'*? Ma se non si fermano di fronte a niente! E non ti credere che il signorino non lo ha capito. Col suo tempo, ma lo ha capito. Lo hai sentito, ieri?

– Voi dite quando ha parlato con la creatura, zi' Ro'? L'ha fatta mangiare tardi perché è passato per casa dei suoceri, cosí mi ha detto. Mi sono accorta che teneva qualche preoccupazione, per la faccia scura.

– Perché doveva parlare col nonno della baronessa. Ci stanno novità, da come ha raccontato alla creatura dopo cena.

– Sí, qualcosa ho sentito, zi' Ro', ma non lo so se ho inteso bene. Spiegatemi voi.

Rosa sbuffò.

– Tutto io, ti devo dire? Ti ricordi quando si è messo a raccontare di quant'è bello il castello di Fortino? Delle segrete, della grande sala da ballo? Del fuoco nel camino?

– E allora, zi' Ro'?

– La stessa sera che va a parlare col suocero, poi si mette a raccontare di Fortino! Lo avevi mai udito parlare del Cilento alla figlia, tu?

– No, no... Voi dite che *paccianno paccianno, se ricono le verità*?

– Esatto, *guaglio'*. Secondo me, tutte queste cose brutte che si dicono, della guerra, degli ebrei, della fame e pure delle pentole in rame, significano che tra poco la bambina respirerà l'aria di casa. Preparati, Ne'. Ho il sospetto che dovrai organizzare un trasferimento.

– Non ci stanno problemi, zi' Ro'. *Lu pacciu fuie e la casa resta*.

Sí, era cosí: il pazzo scappa, e la casa resta. Dovunque si vada, la casa è casa. Non sono mura, non sono sedie e non sono neanche pentole in rame.

La casa resta.

Nelide concluse che gliene doveva parlare. Ma a zia Rosa non lo disse.

Anche le donne che non hanno bisogno di correre per strada, quelle che hanno una servitú che bada alle spese e alle pentole in rame: a che cosa pensano queste donne, la mattina della vigilia di Natale?

Mentre osservano il freddo dalla finestra, la luce ostile che spinge a stare dentro, a che cosa pensano?

Quali dolori attraversano i loro occhi, la mattina della vigilia di Natale?

Bianca rifletteva sulle solitudini. Perché, alla fine lo aveva capito, non esiste una sola solitudine.

Ce ne sono tante.

Per esempio, c'è la solitudine dal jazz.

Carlo, il duca di Marangolo, avrebbe compreso al volo.

Autarchia ed embargo avevano reso difficile e rischioso far giungere dall'America i dischi di quella musica tanto amata; e la radio aveva smesso da tempo di programmarne la trasmissione.

Eppure il significato del jazz, l'improvvisazione geniale, quel senso di libertà e di meraviglioso disordine che ne costituivano l'anima, erano proprio ciò che mancava nel grigio e rigido ordine nel quale si pretendeva che si vivesse. Senza contare che il jazz era equamente diviso tra neri ed ebrei, per cui era il simbolo della dannazione razziale. Da evitare, come la peggiore delle malattie.

Il risultato era che Bianca non poteva che ascoltare sempre la stessa musica, e ormai il grammofono veniva lasciato muto per gran parte del giorno.

Le solitudini.

Avrebbe detto a quello sfrontato di Emanuele che il bisogno d'amore non è una sconfitta. È invece il senso stesso dell'amore, la solitudine.

Una scelta, non una condanna. Chi aveva detto che lei non fosse felice cosí a quel maleducato che veniva in casa sua a insegnarle come doveva o non doveva vivere? Pensava forse che non avrebbe trovato una compagnia? Persino una compagnia diversa ogni giorno?

Provava una stretta di rabbia allo stomaco, quando ci pensava. E ormai erano passati tre giorni.

Eppure, c'era un fondo di verità in quello che Emanuele le aveva detto. E Bianca doveva ammetterlo, adesso che, da sola, aspettava che si facesse l'ora per portare il proprio regalo di Natale a Marta.

Era bloccata. Ecco la verità.

Bloccata da un embrione di sentimento. Bloccata da un mezzo sogno. Era bloccata da anni, e non dall'arresto del marito, tantomeno dalla maternità che non aveva vissuto. Era bloccata dagli occhi verdi del padre di Marta.

Non certo da Marta.

Peccato per quei tè intriganti e la conversazione arguta che non c'erano piú. Ma non era di Emanuele, che pativa l'assenza.

Sentiva la mancanza di sé stessa.

E del jazz, forse.

Bevve un altro sorso di vino, e si convinse di star bevendo troppo.

Magari gliene avrebbe parlato.

E poi ci sono le madri. Si riconoscono subito, tra quelle che corrono avanti e indietro la mattina della vigilia di Natale.

Perché le madri sono quelle in ritardo. Quelle a cui rimane sempre un'ultima cosa da fare.

È diversa dalle altre, la corsa delle madri la mattina della vigilia.

È una corsa piena di pensieri strani.

Affrettandosi tra una bottega e l'altra alla ricerca dei prezzi migliori, Lucia Maione ragionava sul sangue dei figli.

E ciò le causava una punta di sofferenza.

Qualche mese prima, assieme al marito, aveva assistito al giuramento di fedeltà di Antonio alla leva fascista. La formula era semplice, urlata con gioia collettiva, e tutti avevano manifestato apprezzamento con applausi scroscianti.

A lei era parso di essere l'unica ad aver letto altro, in quelle parole. E nell'osservare il proprio bambino guardarsi attorno felice e in totale partecipazione a un gruppo, lui che sia a casa sia a scuola se ne stava sempre discosto, non si era sentita per niente sollevata.

Il problema erano le parole del giuramento.

Servire con tutte le mie forze, e se necessario col mio sangue, la causa della Rivoluzione Fascista. Cosí avevano urlato i ragazzi.

Perché col sangue? Che c'entrava il sangue, in quel giorno di sole e di felicità, se quella nella piazza era la gioventú piú bella della città, se quello era il futuro?

Che sangue poteva scorrere, se si volevano tutti bene, se erano amici?

Lucia un figlio l'aveva già perso. Il tributo innaturale di sangue l'aveva già pagato. Che c'entrava il sangue di Antonio, adesso?

Nei mesi successivi aveva portato quel peso nel cuore. E man mano che vedeva Antonio piú integrato e felice, nonostante dicesse a Raffaele che dovevano condividere quella contentezza, aveva continuato a coltivare quel dolore.

... se necessario col mio sangue...

La sensazione si era fatta piú acuta quando aveva intuito che era successo qualcosa tra padre e figlio, qualcosa di grave e spaventoso.

Perché la luce della gioia dell'integrazione si era spenta negli occhi di Antonio, anche se nulla nelle abitudini del ragazzo era cambiato. Perché la luce della gioia di sedersi a tavola era sparita dagli occhi di Raffaele, benché gesti e parole fossero rimasti uguali.

Una madre, una moglie, certe cose le sa. Nessuno può prendere in giro una madre, o una moglie.

A meno che non sia lei stessa a decidere di ignorare ciò che le succede attorno.

Per non soffrire.

E per non pensare al sangue.

Attenzione alle donne.

Non pensate che siano tutte uguali, non pensate che corrano tutte per lo stesso motivo.

Perché non esiste una donna che sia come le altre.

Nemmeno una.

Specie la mattina della vigilia di Natale.

XLI.

L'idea riposò nella mente di Ricciardi come un seme sotto la neve. Quando si palesò sembrò un'illuminazione, mentre non era che la risultante di una serie di segnali.

Ad attivare il processo era stata una frase fuori contesto, qualcosa che stava quasi per sfuggire e che restò lí a vagare, disancorato, come un lieve fastidio. Un tassello che si collocò nel posto giusto durante la notte, svegliando il commissario come un brutto pensiero, andando a incasellarsi tra le preoccupazioni recenti e le difficili decisioni da prendere.

Il vento scuoteva la strada, e nella mente di Ricciardi quella frase risuonò in un senso diverso. Si inserí come una chiave in una toppa e spalancò una porta che fino ad allora nemmeno era sembrata tale, rivelandosi invece l'accesso a un passaggio segreto, a un tunnel che collegava le cose e consentiva di spiegare ciò che fino ad allora era stato inspiegabile.

Ricciardi si ritrovò seduto in mezzo al letto, una mano verso la parte dove aveva dormito la moglie, cercandone d'istinto il calore e per assurdo avvertendolo, quasi lei fosse ancora lí.

Il primo sentimento fu di disagio, poi seguí il senso di colpa. Pensò che se non fosse stato distratto dalla lista di Garzo, da Bruno Modo e dai pericoli che aveva corso e ancora correva, dall'espressione buia di Maione che chissà da dove veniva e dalla mancanza acuta di Enrica, ci sarebbe di certo arrivato subito. Ma tutto sommato, rifletté, il ritardo non avrebbe creato particolari danni; e comunque andavano fatte le verifiche necessarie.

L'alba lo trovò sbarbato e vestito. Fece una rapida colazione, gli occhi inquieti di Nelide addosso. Posò un bacio sulla fronte di Marta, che gli sorrise nel sonno.

Andò in ufficio, ed era il solo; ma anticipò non di molto un pensoso Maione, al quale rivelò la teoria che si era fatta strada nottetempo nella propria coscienza addormentata.

Man mano che il commissario andava avanti nell'esposizione, la faccia del brigadiere mutava passando dall'incredulità al dubbio, poi al possibilismo e infine all'ammirazione.

– Commissa', non c'è niente da fare: riuscite a vedere quello che nessuno vede. Avete ragione, tutto combacia, e chi l'avrebbe detto mai. Come ci muoviamo?

Raffaele sembrava essersi distolto da ciò che lo angustiava, e negli occhi gli brillava una luce nuova. Ricciardi si chiese se anche su di sé quell'intuizione avesse avuto pari effetto, e comprese che cosí era. Potere salvifico del lavoro!

Sarebbero partiti dall'ospedale. Lí avrebbero dovuto acquisire la conferma iniziale. Si avviarono a passo svelto, mentre la città si preparava alla vigilia di Natale senza piú titubanze, indossando l'abito buono che riposava nell'armadio da un anno. Banchi di pesce, salumi, formaggi, bottiglie pregiate e scadenti, dolci, giocattoli, addobbi... Ogni merce esposta nelle forme piú disparate, in spregio alle ridotte concessioni da parte del podestà per motivi di decoro urbano.

Ricciardi e Maione si affannarono a districarsi in quell'esplosione di colori. Se avessero trovato le opportune conferme, un assassino avrebbe avuto la meritata punizione; e una ragazza che avrebbe dovuto essere felice avrebbe ottenuto giustizia. E pace.

Incrociarono Bruno Modo e Cesare Severi intenti a conversare amabilmente, mentre lasciavano l'ospedale essendosi concluso il turno di notte. I quattro si guardarono con divertita curiosità.

Modo disse, scherzoso:

– Che ci fate svegli a quest'ora? Va bene che le persone anziane dormono poco, ma vedervi in questo luogo ameno mi fa preoccupare. La geriatria è una branca che non mi compete, dovrete indirizzarvi altrove.

Ricciardi fece una smorfia.

– Mi pare che quello che sta per andare in pensione per sopraggiunti limiti di età sei proprio tu. E se per oggi hai finito il servizio, questa è la prima buona notizia della giornata.

Il medico diede una pacca sulla spalla di Severi.

– Sto andando a prendere un bel caffè col caro collega Severi, qui. Vi unite a noi? Cosí mi dici perché siete qui.

Maione ridacchiò.

– E invece, dotto', per una volta non siamo qui per voi. E nemmeno per il dottore Severi, per la verità.

Modo fu il ritratto della sorpresa.

– No? E chi state cercando?

Ricciardi glielo disse, e gli spiegò il perché. Quando ebbe finito di parlare, i due medici erano stupefatti.

Severi disse:

– Incredibile. Eppure quadra tutto. Io ero presente e non ci avevo fatto caso. Come avete fatto, commissario, a ricordarvi e a mettere insieme le cose?

– Merito di una persona cara, e di una frase che mi ha rivolto. Ho collegato in ritardo, dottore. Avrei potuto farlo molto prima.

Severi e Modo accompagnarono i poliziotti dalla persona che cercavano, che confermò l'intuizione di Ricciardi.

Bruno chiese:

– E perché non l'avete detto subito?

– Perché non me l'avete chiesto.

A quel punto, avevano tutto.

XLII.

Ricciardi fissava muto la persona che aveva ucciso Erminia Cascetta. Ne reggeva lo sguardo intriso di follia e determinazione.

Dietro di lui, Maione stava in piedi come una statua, le braccia conserte. Non sarebbe mai stato capace di delineare l'impianto che gli aveva riferito il commissario, ma doveva dare atto a sé stesso che quella persona gli aveva ispirato sin dall'inizio un'assoluta diffidenza. Si congratulò con il proprio intuito.

Ricciardi disse:

– Signora Cascetta, abbiamo ragione di ritenere che siete stata voi a uccidere vostra figlia Erminia. E partiamo da un necessario assunto: voi non siete immobilizzata in questo letto. In realtà potete alzarvi e compiere brevi tragitti all'interno dell'appartamento; cosa che fate ogni volta che vi ritrovate da sola, e che forse facevate persino in presenza di vostra figlia.

La donna taceva. Sulle labbra si era disegnato un lieve e inquietante ghigno; mani bianche in grembo, i soliti tre guanciali a sostenerne la schiena. Sconvolta dalla rivelazione, Titina si addossò alla parete come provando a scomparire dalla scena attraversando il muro.

Ricciardi continuò.

– Noi vi abbiamo creduto, e quello che avete dichiarato era d'altronde sostenuto dalle testimonianze di Titina e della portinaia, che immagino non siano a conoscenza di questa vostra capacità. Ci siamo concentrati sulle relazioni affettive di vostra figlia e su chi poteva essere entrato e uscito senza farsi vedere. Operazione difficilissima, dal primo piano di un palazzo densamente abitato e in una strada assai trafficata, di giorno e di sera. Abbiamo ipotizzato sottrazioni di chiavi, accesso di persone note, il tutto alle vostre spalle: o meglio, tenendovi all'oscuro di chi entrava e usciva, approfittando del fatto che non potevate saperlo, immobilizzata qui come eravate. Di fatto, non una persona aveva visto uscire o entrare qualcuno, perché nessuno era entrato o uscito. La raffinatezza, per la quale vi devo fare i complimenti, è stata lasciare la porta socchiusa. Ciò ha avuto la duplice funzione di far scoprire l'omicidio al colonnello, ma anche di farci ipotizzare la via di fuga dell'ipotetico assassino.

Ricciardi spiegava senza enfasi la sequenza dei fatti.

– L'inserviente venuta dall'ospedale col nostro medico per ripulirvi e mettervi in ordine, ha detto una cosa che non avrebbe dovuto sfuggirmi e invece ho purtroppo ignorato. Per giustificare le vostre condizioni di quella sera, ha detto che il bagno non era vicino alla vostra stanza. Un'annotazione inutile, se dallo stato delle vostre gambe avesse rilevato che non potevate muovervi. E invece, come ci ha confermato la stessa inserviente poco fa, voi potete alzarvi: il tono dei vostri muscoli lo dice con chiarezza a chi è abbastanza esperto da notarlo. Certo, non potete fare lunghe passeggiate. Ma dal letto potete muovervi, eccome. Solo che lo sapete solo voi.

Titina, schiacciata contro la parete, si portò le mani sulla bocca.

Ricciardi proseguí.

– Un altro indizio me l'avete fornito proprio voi, e io non ho fatto caso nemmeno a questo, a dimostrazione ulteriore della mia scarsa capacità. La seconda volta in cui ci siamo visti, avete detto che la vostra unica distrazione sono i litigi delle vicine, quella che annaffia le piante e quella che stende le lenzuola. Di questi litigi ci aveva parlato anche la portinaia, Maria, e di uno di essi siamo stati addirittura testimoni. Ma avvengono nel cortile interno, e da questa stanza, che affaccia invece sulla strada, non si possono sentire. Si percepiscono solo dall'altra parte della casa. Per godervi le liti, insomma, dovete alzarvi dal letto e andare in cucina, nel bagno o in una delle stanze di servizio.

Angelina ascoltava Ricciardi quasi la sua fosse una dimostrazione, un saggio scolastico, senza svelare emozioni se non un vago divertimento.

– Io ero in possesso di queste informazioni, insieme agli alibi inattaccabili dei due uomini che si dividevano il tempo e le attenzioni di vostra figlia. Potevo arrivarci. E invece mi è servita la frase di una persona cara, in tutt'altro contesto, per comprendere.

La mente andò a Giulio Colombo, che per strada gli aveva detto parlando di sé: *una persona anziana si aggrappa alle poche sicurezze che le rimangono. Il mondo crolla attorno, e lei si sente perduta. E farebbe qualsiasi cosa per rimettersi in piedi, se è caduta. Qualsiasi cosa.*

Una persona anziana. Come aveva detto Sarpi, riferendo le ultime parole di Erminia: *mi ha detto che aveva un preciso dovere nei confronti di una persona anziana che dipendeva da lei. Ma gliene avrebbe parlato, e avremmo potuto finalmente vivere. Cosí mi ha detto*. E Ricciardi aveva creduto si riferisse all'avvocato De Nardo, e forse lo aveva immaginato anche lo stesso Sarpi.

Invece la ragazza parlava della madre.

Il commissario riprese a parlare.

– Sono congetture, conclusioni derivanti da ipotesi. Non sono certo prove, forse neanche indizi. È la logica, e basta. Niente che un buon avvocato, e possiamo anche figurarci chi, non smonterebbe in un'aula di tribunale in cinque minuti.

La donna allargò il ghigno. Ma Ricciardi non aveva finito.

– C'è qualcos'altro, però. Ed è l'arma con cui avete ucciso vostra figlia, perché siete stata voi, non ho alcun dubbio. Quella dev'essere per forza ancora qui, cara signora. Di certo non avete potuto liberarvene, non potendo comunque uscire dall'appartamento. E sono convinto di sapere di cosa si tratti e dove sia. Del resto me lo avete detto voi stessa, quando avete indicato dove sono conservati gli indumenti che usavate per uscire, anni fa.

Per la prima volta Angelina annuí, come una maestra davanti a un allievo diligente.

– Il bastone, signora. Il vostro bastone da passeggio, che forse usate per camminare in casa. E che, presumo, troveremo nell'armadio alla vostra sinistra. Quello che ci avete mostrato ieri.

Maione fece per avvicinarsi, ma la donna lo fermò con un gesto. Poi, con movimenti lenti e dolorosi, tolse la coperta e, aiutandosi con le mani, spostò le gambe oltre il bordo del materasso.

Titina trasse un respiro, necessario a far uscire un'invocazione disperata.

– *Mamma r'o Carmene!*

Angelina scese dal letto, barcollò ma si tenne in piedi. Fece tre passi verso l'armadio, solenne e rigida, nel silenzio attonito dei presenti.

Aprí l'anta, che non cigolò nemmeno. All'interno si vedevano un paio di scarpe, un vestito, un soprabito.

E, poggiato a una rastrelliera, un bastone in legno dalla punta in metallo, incrostata di materia scura.

Maione lo afferrò, con delicatezza.

Tra le incrostazioni si distinguevano dei capelli.

Egoista, egoista. Lasciami vivere. Ricciardi udí risuonare il pensiero disperato della vittima.

Angelina tornò a letto, l'andatura incerta ma non priva di dignità.

Ricciardi disse, a bassa voce:

– Non mi basta, signora. Non è sufficiente.

– No, commissario? Non vi basta? E che altro volete, da me?

Ricciardi sorrise, in risposta al ghigno che non era mai sparito dalla faccia della vecchia. Ma quello del commissario era il sorriso di un animale feroce.

– Io devo sapere perché. Devo sapere per quale motivo una madre arriva a uccidere una figlia.

E Angelina Cascetta glielo disse.

XLIII.

Mi chiedete il perché, commissario. E che vi dovrei rispondere, io?

Non che non ci sia, un perché. Ma devo partire da lontano, per farvi capire.

Vi dovrei parlare di famiglia, d'amore e di solitudine. Vi dovrei parlare del fatto che le vite sono qualcosa che si può rubare. Vi dovrei parlare della perdita della dignità, e della dipendenza dagli altri, e che questi altri, quando possono, ti calpestano sempre piú volentieri di quanto ti rispettino.

Voi dite: come può una madre? Perché cosí siamo abituati a pensare, i genitori dànno e i figli prendono. Ma i figli dovrebbero anche essere grati ai genitori, non credete? I figli si dovrebbero ricordare quello che devono loro, e cioè tutto.

Sí, i figli ai genitori devono tutto, perché sono i genitori ad averli fatti nascere e crescere, e studiare e non avere pensieri. I figli ai genitori succhiano il sangue, commissario. Magari vi fa orrore sentirlo e non lo ammetterete mai: ma è cosí.

Io, per esempio. Io per questa figlia ho sacrificato l'intera esistenza. Voi ora mi vedete cosí, ma una volta ero bella, sapete? Ho incontrato mio marito che avevo quindici anni e lui ventidue, uno studente di Medicina, io ero la sesta figlia di un muratore. Mi sembrava un principe, mi guardò e decisi che me lo dovevo prendere, che sarebbe stato mio marito. Mia figlia è arrivata presto e il parto è stato difficile, mi sono salvata per miracolo ma figli non potevo averne piú.

La carriera di mio marito volava, era bravo; abbiamo cominciato a fare vita di società, e abbiamo conosciuto Catello De Nardo e la moglie. Lei è una bigotta triste, passa il tempo in chiesa, ha fatto i figli per carità cristiana. Lui adesso forse è vecchio, è tanto che non lo vedo, ma era bellissimo.

Io, commissario, mi sono innamorata di Catello appena l'ho visto. Pure io piacevo a lui, ne sono sicura: ma c'era la bigotta triste, e c'era mio marito. All'epoca certe cose non si potevano fare, immagino che adesso sia piú facile.

Una volta, in un locale, mentre mio marito ballava con la bigotta, lui me lo disse: che peccato. Cosí, disse: che peccato. Io lo capii, e non dissi niente perché niente potevo dire, ma cosí era. Un peccato.

Poi morí mio marito, e io mi ammalai di reumatismi. È vero, mi posso alzare e posso fare qualche metro, ma niente piú. E vi assicuro che è pure peggio, perché se non potessi alzarmi dal letto mi rassegnerei: ma posso andare alla finestra, vedere il mondo che continua a girare mentre io non posso vivere.

È qui che scatta la solitudine, commissario. La lancetta dei minuti di quell'orologio, la vedete? È lei, la colpevole. Perché le giornate passano subito, come si dice, ma i minuti sono lunghissimi. Non corrono mai.

Quando ho saputo che mia figlia, la mia bambina, era diventata l'amante dell'uomo che avrei voluto per me, ho avuto una reazione strana, che io stessa non mi sarei aspettata. Sono stata felice. In qualche maniera ce lo eravamo preso, era nostro. Attraverso Erminia, che ero io se avessi avuto le gambe, che ero io se fossi stata ancora giovane, che ero io se avessi avuto il coraggio, potevo avere la vita che avrei voluto.

E perdipiú lui, che non aveva avuto il coraggio, che aveva detto: «Che peccato», avrebbe pagato per me. L'assistenza, i mobili e il lusso, anche se non potevo uscire e sfoggiare i gioielli, doveva pagare tutto lui. Erminia era solo uno strumento. Lo capite?

E cosí andava, cosí doveva andare. Appena arrivava la macchina nera con l'autista, io mi trascinavo alla finestra e guardavo. Quando Erminia si vestiva aveva l'obbligo di passare da me, e io dovevo osservarla centimetro per centimetro, perché portava in giro il mio corpo e viveva la mia vita.

Ogni sera, una volta rientrata, mi doveva raccontare tutto. Compresi i baci e le carezze, finché ci sono stati, finché lui non è diventato troppo vecchio. E succhiargli il sangue, goccia a goccia, era la mia vittoria. Non certo di Erminia.

Io guidavo quella storia. Lei era una ragazzina, lo avrebbe perduto presto; o peggio, lei stessa si sarebbe stancata. Ma io ero la madre, lei aveva degli obblighi nei miei confronti, doveva fare quello che io le dicevo.

Poi, sei mesi fa, è successo quello che non avrebbe mai dovuto succedere. La sarta, quella squallida, volgare ragazzina inutile, si è permessa di presentare a Erminia un militare. Un militare! Uno che magari si farà ammazzare in qualche guerra, e che al massimo avrà un miserabile stipendio da quattro soldi. E lei, questa ottusa, stupida incapace, si è perfino innamorata.

Dapprima me lo ha tenuto nascosto, figuratevi. Come se avesse potuto tenermi nascosto qualcosa. Una madre capisce tutto, e una madre che non può muoversi bene, che vive una vita di riflesso, molto di piú. Io ho capito subito e ho cominciato a combattere.

E lei si è ribellata. Ci pensate, commissario? Si è ribellata *a me*. Certo, non ha avuto il coraggio di mettere fine alla relazione con Catello, sapeva che avrei reagito male, che non glielo avrei permesso: ma ha cominciato a vivere questo amore. Approfittava del fatto che Catello non poteva andare fuori la sera, che non poteva frequentare con lei gli stessi posti dove andava con la bigotta triste, e quando l'autista la riportava, si vestiva di nuovo in fretta e incontrava il militare. Ci pensate? Come una qualsiasi puttanella affascinata da una divisa.

Senza capire che cosí poteva perdere l'uomo piú importante e bello e affascinante del mondo. Per un militare.

Ho pensato: le passerà. È stato quello il mio errore, consentirle di vivere quella storiella per un po'. Ho creduto che avrebbe visto coi propri occhi la differenza, che sarebbe tornata da Catello per vivere la *nostra* vita, senza abbandonarsi a inutili distrazioni. Ho pensato che le bastasse provare questa squallida esistenza per comprendere che la ricchezza, il lusso e il prestigio derivanti dall'essere l'amante di un uomo come Catello De Nardo sono qualcosa di irrinunciabile.

E invece quella piccola pazza inutile si è fatta ingravidare. Ci pensate, commissario? Si è fatta mettere incinta dal militare. Quando me l'ha detto, felice come fosse una buona notizia, per poco non ci restavo secca. Le ho detto: lo devi togliere. Subito. Senza dirlo a nessuno.

Dirai che sei indisposta, starai qualche giorno qui a casa. Chiameremo una di quelle mammane, la pagheremo piú del normale per farla tacere, la faremo venire dalla provincia, da lontano, per essere sicure che non arrivi mai a Catello. Lui ci lascerebbe subito, le ho detto. Ci mollerebbe al nostro destino. Perderemmo tutto.

E lei? Lei diceva che *io* ero egoista. Io, capite? Mi chiamava egoista. Io che l'avevo messa al mondo. Io che le avevo dato tutto.

Ho dovuto farlo per forza. Almeno cosí Catello potrà pensare che l'ho fatto per preservarla. Che l'ho fatto *per lui*.

Perché la vera egoista, commissario, era lei.

Lei, che voleva togliermi la vita che mi è rimasta.

Maledetta egoista. Che non ha voluto lasciarmi vivere.

XLIV.

Di tutte le tradizioni dei Maione, la benedizione di papà prima del pasto di Natale era la piú consolidata.

Siccome la preparazione era elaborata e coinvolgeva tutte le donne della casa, l'evento era assai ritardato rispetto al normale; e c'era il divieto tassativo di piluccare, quindi ci si metteva a tavola affamati come lupi. Nessuno, però, mostrava insofferenza: si doveva ascoltare quello che Raffaele avrebbe detto.

Perché si parlava della famiglia, e la famiglia veniva prima di ogni cosa.

Laura accarezzò il volto di Facundo, che continuava a dire di no.

– Ti prego, perché non capisci? Dobbiamo proprio salutarci cosí?

Lui cercava di respingere le lacrime.

– Non posso accettarlo, Laura. È assurdo, sei tu che non capisci. Una donna sola che decide di gettarsi nelle fiamme dell'inferno, lasciando alle spalle la sicurezza, la protezione. Perché?

– Io non ho una famiglia. Non ho la sicurezza di cui parli, né qui né da nessuna parte. Ma una cosa so di certo: il mio mondo è quello. È lí che sono nata, è lí che è sepolto il mio bambino. È lí che devo chiudere gli occhi. Qui sono straniera, lí no. È semplice.

Facundo le afferrò la mano, come a trattenerla.

– E io? Io non sono niente, per te? Potrei darti quello che non hai, una famiglia, una casa, perfino una patria. E potremmo avere dei figli nostri, sei ancora giovane, hai tanta vita davanti!

Ci credeva davvero, e traboccava di amore e di speranza. E la speranza è contagiosa, pensò Laura. Però può essere mortale.

– Ti prego, non rendere tutto piú difficile. Mantieni il ricordo di me, e io ti prometto che per sempre serberò il tuo. Ma lasciami tornare alla mia vita. Sono stata fuggiasca per troppo tempo.

La luna dell'altra parte del mondo tramontò sul pezzo di oceano che avevano davanti. Che in fondo non era altro che la strada per tornare.

Maione fece scorrere gli occhi su moglie, figli, vivande e stoviglie. L'appetito e la voglia di assaggiare le prelibatezze di Lucia erano palpabili; ma avrebbero dovuto attendere.

Perché lui aveva qualcosa da dire. Qualcosa di importante.

Dacché erano piccoli, a Raffaele competeva la narrazione. Le favole prima di dormire, i racconti la sera dopo cena, le storie della domenica pomeriggio: quello era territorio suo. Cosí come da Lucia si andava per le confidenze, il sostegno e il conforto.

Un equilibrio che si era andato consolidando con il passare degli anni.

– Oggi si parla di eroi. Perché su questo argomento, non tutti hanno le idee chiare.

Antonio, dall'altra parte della tavola, ebbe un sussulto; ma nessuno se ne accorse.

La fumosa sala della *Suprema* era poco affollata: la sera di Natale non era proprio l'ora di punta, per un bordello.

Quello era il momento della famiglia, delle mogli e dei figli. Difficile trovare un pretesto per andare dalle puttane, anche se in tanti, mentre intrattenevano i congiunti e rivestivano il ruolo di padri e mariti devoti, avrebbero invece voluto essere lí.

Dove infatti era Modo, la mente annebbiata dal vino.

– Perché qui tutto è sincero, vedi? Qui ognuno è com'è, non ci si nasconde dietro le convenzioni.

Cesare Severi, una mano attorno al collo di una prosperosa rossa in *guêpière* e l'altra con un calice di champagne tra le dita, annuí.

– Non lo metto in dubbio. Io poi non ho nessuno, quindi sono ben felice di essere qua.

Modo si domandò per l'ennesima volta come avesse fatto a restare per tanto tempo vittima di un grave pregiudizio verso il collega. Lui, che contro i pregiudizi aveva sempre combattuto.

La musica suonava forte, come a soffocare i pensieri.

– Che cosa faremo, Cesare? Dovremo andarcene, scappare? Come potremo combattere questa guerra?

L'altro continuò ad accarezzare la spalla nuda della ragazza che gli dormicchiava accanto.

– Non lo so. Credo che dovremo restare, sai? Credo sia importante mantenere viva l'idea. Gli eroi sono quelli che non scappano.

Maione disse:

– Perché mi pare che stiano raccontando storie strane, sugli eroi. Come se un eroe fosse uno che tira pugni e calci. Come se un eroe fosse tale solo perché ha una divisa luccicante. Come se un eroe fosse uno che ha le idee chiare e nette, il bene di qua e il male di là. Come se un eroe fosse uno che alza la voce. Un eroe non è questione di volume, ma di quello che dice.

La macchina accostò davanti al portone, e l'autista fece per scendere ad aprire la portiera. La donna lo fermò, e fece per conto proprio.

Si presentò al portinaio, che si inchinò e scomparve all'interno. Dopo un po', dalle scale si precipitò un uomo in veste da camera, spettinato e confuso.

– Bianca? Ma che fai qui? Non sapevo... Mi sarei preparato, guarda in che condizioni... Dài, vieni su, fa freddo, ti faccio preparare un tè.

Lei fece cenno di no. Un cappello verde le copriva la chioma ramata, una veletta nascondeva metà del viso: gli occhi viola dolenti, però, si intuivano comunque.

– No, Emanuele. Vado via subito. Volevo solo scusarmi per l'altro giorno, sono stata un'ospite assai scortese.

– No, devo scusarmi io. Ho lasciato che il cuore prendesse il sopravvento e che la bocca avesse campo libero. Non avrei dovuto, non sono cose che mi riguardano.

Bianca allungò la mano, e le dita guantate sfiorarono il braccio dell'altro.

– No. Avevi ragione. Hai ragione. Io non vivo, ho paura di farlo. Perché ogni volta che ci ho provato ho perso, e ho dovuto passare anni a leccarmi le ferite. Sono solo una vigliacca, e tu lo hai capito bene.

– No, ma che vigliacca! Hai solo sofferto piú di quanto avresti dovuto. E se hai commesso un errore, è stato di immaginare di potercela fare da sola. Nessuno può farcela, da solo.

– Ne possiamo parlare, se vuoi. Con un tè, magari. Oppure potresti trovare il coraggio di invitarmi a cena.

Si girò e tornò all'automobile.

Le parole cadevano nel silenzio. Raffaele voleva dire qualcosa, ma nessuno sapeva cosa.

– Ci sono gli eroi finti e quelli veri, invece. Fare l'eroe per finta è facile, ve l'ho detto come si fa. Ci si procura una divisa, un paio di stivali. Magari un bastone o un coltello luccicante. Si canta in coro, si cerca di stare in gruppo, cosí non si corre il rischio di mostrare che da soli si ha paura. E si va in cerca di qualcuno di di fragile da perseguitare.

La notte di Natale è perfetta, per scappare.

Tutti sono a casa, tutti festeggiano. Si brinda e si mangia, ci si scambia auguri e regali. Nessuno guarda dalla finestra, nessuno fa caso a un'automobile che viene caricata di valigie riempite tra lacrime e sospiri. Piene di ricordi di vite, di cose che si immaginava non sarebbero state mai spostate dai posti dove stavano.

I tre ragazzi presero posto sul sedile posteriore. Nessuno parlava. Nessuno aveva davvero capito il perché.

Rachele si assicurò che Matteo, il piccolo, avesse spazio per addormentarsi; e raccomandò a Sara, la maggiore, di tenergli la testa sulle gambe. Poi chiuse lo sportello, curando di non far rumore, e si avvicinò al marito che teneva aperto il suo.

Lo fissò a lungo. Angelo Garzo sostenne lo sguardo, provando a rassicurare la moglie.

– Andrà bene, tesoro. Andrà tutto bene.

– Sei sicuro, amore mio? Sei sicuro che sia la cosa giusta?

– Sí, Rachele. Ne sono sicuro. E ho sentito molte persone al telefono, in questi giorni. Vedrai, Parigi è cosí bella. I nostri figli staranno benissimo, staremo benissimo. Soprattutto, al sicuro.

Lei sospirò, e una grossa lacrima le scorse sulla guancia.

– Mi dispiace. È colpa mia. Del sangue che ho.

Garzo la prese per le spalle.

– Ricorda questo, e non dimenticarlo mai: se ti perdo, è la mia vita stessa a non avere piú senso. Per questo non intendo rischiare. E ora andiamo. Dobbiamo approfittare del Natale.

L'automobile si allontanò nella notte dei brindisi e degli auguri, senza che nessuno la vedesse passare.

Maione disse:

– Questo è importante, ed è pure interessante perché un eroe è il contrario di un vigliacco. L'eroe è forte, coraggioso: il vigliacco è pauroso e debole. E allora com'è che un vigliacco può fingere di non esserlo, e addirittura fregare il mondo fingendosi un eroe?

Batté una manata sul tavolo che fece tintinnare posate e bicchieri. I figli sobbalzarono. Giovanni, il maggiore, lo fissò incuriosito. Lucia abbassò gli occhi.

– Perché, per esempio, accanirsi in cinque contro uno è vigliaccheria, non eroismo! Mentre può essere eroico trovare il coraggio di dire qualcosa di difficile. Può essere eroico anche mostrare una debolezza.

Tanino 'o Sarracino stava sbaraccando mesto la bancarella. Era rimasto l'ultimo, le clienti erano tutte rientrate per preparare la cena della vigilia.

Era sempre triste quando finiva il mercatino di Materdei. Girava ogni giorno, cambiando luogo e clientela: ma il suo cuore restava lí.

Non avrebbe saputo dire per quale motivo si fosse innamorato di Nelide. Era lontanissima da lui per carattere, estetica e tradizioni. Era di fuori, di paese, e mai gli aveva dato un minimo di spago: non avrebbe potuto sostenere che quella ragazza dura e respingente lo avesse mai incoraggiato.

Non poteva essere quello ad attirarlo. Il fatto, cioè, che fosse l'unica a restare insensibile al suo fascino. Poteva essere stato vero all'inizio, forse, ma ben presto quel carattere reattivo e quella forza erano diventati ammalianti; e sentiva di non poterne fare a meno.

Sarebbe stato quindi un altro Natale senza di lei. Per carità, aveva una marea di fratelli e di sorelle, i genitori, cognati e nipoti: era amato e sarebbe stato l'anima della festa, con la sua chitarra e la voce d'angelo che aveva. Ma i tempi erano maturi per una casa tutta sua, e per metterla su non pensava che a quella ragazza cosí diversa dalle altre. Cosí vera.

Ci pensava cosí tanto che quando la vide con la coda dell'occhio, ferma all'angolo della strada, si convinse di averla immaginata. Poi capí che era proprio lei, e si avvicinò col cuore in gola.

– Nelide? Sei tu!

Lei teneva gli occhi nel vuoto. Mascella serrata, il sopracciglio corrugato piú del solito.

– *Ogn' bella jurnata, se fa notte.*

Tanino aveva rinunciato a dare un senso ai proverbi che costituivano la gran parte del vocabolario di Nelide. La ragazza parlò, e il giovane intuí uno sforzo enorme, come se quelle parole fossero una sconfitta consumatasi dopo una intensa battaglia.

O forse una vittoria.

– *Partímo*. Ce ne dobbiamo andare. Torniamo a Fortino, nel Cilento.

– Ma... quando? E perché? Tu stai bene? I tuoi stanno bene?

Lei non muoveva un muscolo. Eppure dava l'impressione di essere in tensione estrema, come se quel corpo tozzo fosse lí lí per scattare.

– Non lo *saccio* quando. Ho capito che lo dobbiamo fare. Il barone cosí ha deciso.

Tanino cercava di pensare in fretta. L'occasione di parlare con Nelide da solo non si sarebbe ripresentata facilmente.

– Lascia il servizio, Nelide. Ci possiamo sposare, ci possiamo fare una vita nostra. Ne abbiamo diritto, no?

– Io devo fare il servizio mio. *Preta ca ruciulía nun face mai lippo.*

Voleva dire che una pietra che rotola non fa muschio; ma il tono era risoluto.

– E allora che ci fai, qui? Perché sei venuta a dirmi questa cosa, la vigilia di Natale? Ti piace darmi dolore?

Era forse la prima volta che i loro occhi si incrociavano. A lui quelli di lei parvero bellissimi, e si sentí morire.

– *'A merola cecata face 'u niro de notte.*

Il tremito nella voce di Nelide sembrava una richiesta di aiuto. Nei giorni successivi, nell'ossessiva ricerca del significato di quella frase, Tanino scoprí che voleva dire che la merla cieca fa il nido di notte. E con malinconia capí che Nelide si riferiva a sé stessa, e all'incapacità di mostrare i propri sentimenti.

Ma lo comprese troppo tardi. Sul momento poté solo guardare il goffo soprabito svolazzare sulle tozze gambe di lei, mentre scappava via.

Maione addolcí il tono. I figli sentivano che il papà stava dicendo qualcosa di importante per qualcuno di loro, però non sapevano a chi si stesse rivolgendo.

– L'eroe, lo dovete capire bene, *guagliu'*, non sembra forte: *è* forte. Lo è perché sa quello che deve fare, in ogni momento. Ha principî, ideali. Tiene presenti nella testa i suoi modelli, un padre, un maestro, un amico o un fratello; e soprattutto, la madre. L'eroe è quello che, quando deve decidere cosa fare, si pone una domanda: che direbbe di me mia madre? Che direbbe di me mio padre, mio fratello, il mio maestro? E se può rispondere che queste persone gli direbbero bravo, hai fatto bene, allora quello è un eroe. Mi avete capito, sí?

Ricciardi si alzò da tavola.

Era stato un pranzo meraviglioso, ma c'era un'atmosfera strana. L'alternanza tra le portate cilentane e quelle della tradizione cittadina, nel solito confronto tra Nelide e Maria Colombo in perenne rivalità culinaria, a Natale culminava in una battaglia alimentare che poteva uccidere chi non fosse attrezzato. Ricciardi, che pure avrebbe assaggiato non piú di una forchettata per ogni portata, digiunava nelle ventiquattro ore precedenti e si rassegnava a non digerire prima di un paio di giorni.

Marta si godeva lo status di festeggiata, essendo l'unica bambina in casa vista l'assenza dei cuginetti, a cena dai genitori del papà. Anche questa tradizione si era consolidata negli ultimi anni, da quando il genero di Giulio aveva rilevato la gestione del negozio in cui prima era solo un commesso. Questione di razza. I rapporti però si erano andati raffreddando, e da tempo, con un po' di tristezza, i Colombo avevano rinunciato alla presenza della figlia Susanna e dei nipoti nei giorni di festa.

Poco male. Marta riempiva ogni spazio. Aveva ricevuto da Bianca una bambola bellissima, che non aveva certo spodestato la Principessa Elvira, suo giocattolo prediletto, ma poteva esserne ottima amica; e godeva della casetta in legno regalata dal papà e del minuscolo servizio da caffè dei nonni. La recita del ricevimento era in corso, con grande piacere di tutti che facevano da pubblico estasiato.

Eppure, qualcosa non andava nella festa familiare. Giulio aveva riferito a Maria la conversazione avuta col genero, e la donna ne era rimasta angosciata. Avevano concordato di non incrinare la gioia del Natale, per la bambina, ma ogni tanto il commissario incrociava gli occhi della suocera e leggeva la latente apprensione che le riempiva il cuore.

Quello era l'ultimo Natale dei vecchi tempi. L'ultimo di un'epoca che stava per finire, annegata dal buio di un futuro zeppo di incognite. L'ultimo colmo di immagini e di ambienti noti e cari, che sarebbero divenuti un dolce, felice ricordo.

Ricciardi si recò in camera e aprí la finestra. In lontananza, la musica della radio faceva da contrappunto alla voce squillante di Marta, che raccontava ai nonni e a Nelide della splendida festa che, nella nuova casa e con le nuove stoviglie, la Principessa Elvira stava dando in onore della Contessa di Raggioverde, nome derivante dallo smeraldo che aveva al dito la nuova bambola.

L'aria era fredda. Nella notte illuminata dalle finestre chiuse e dai lampioni, non c'era nessuno.

Ricciardi guardò la finestra spenta che aveva di fronte, e vide con gli occhi del cuore una ragazza che ricamava con la mano sinistra.

Maione concluse:

– Perciò ricordate, *guagliu'*: si fa sempre in tempo a diventare eroi. Basta non dimenticarsi la differenza con i vigliacchi, e pensare a chi ci vuole bene. Coi baci, con le carezze: e pure con uno schiaffone, se ci vuole. E mo' mangiamo, e buon Natale a tutti.

Ricciardi annusò l'aria, e sentí un alito di vento diverso e profumato.

Sorrise alla notte, e disse: buon Natale, amore.

La notte gli rispose: *buon Natale, amore mio.*

Nota.

I versi a p. 12 sono tratti dalla canzone *Parlami d'amore Mariú* (C. A. Bixio/E. Neri), © 1936 Bixio C.E.M.S.A.

I versi alle pp. 94-95 e 208 sono tratti dalla canzone *Soledad* (1934), testo di Alfredo Le Pera, musica di Carlos Gardel.

I versi alle pp. 144 e 148 sono tratti dalla canzone *Reckless Blues* (1925), testo di Fred Longshow, musica di Jack Gee.

I versi alle pp. 194 e 197-98 sono tratti dalla canzone *As Time Goes By* (1931), testo e musica di Herman Hupfeld.

I versi alle pp. 201 e 204 sono tratti dalla canzone *'O surdato 'nnammurato* (1915), testo di Aniello Califano, musica di Ennio Cannio.

Questo libro è stampato su carta contenente fibre certificate FSC®
e con fibre provenienti da altre fonti controllate.

Stampato per conto della Casa editrice Einaudi
presso ELCOGRAF S.p.A. - Stabilimento di Cles (Tn)
nel mese di novembre 2023

C.L. 25519

Edizione	Anno
1 2 3 4 5 6 7	2023 2024 2025 2026